Juan Ramón Jiménez

Platero y yo

Juan Ramón Jiménez

Premio Nobel de Literatura 1956

Platero y yo

Prólogo de John M. Coetzee

Ilustraciones de Sofía Escamilla

Platero y yo

www.juanramonjimenez.com

D.R. © Editorial Lectorum, S.A. de C.V., 2007
Centeno 79-A, Col. Granjas Esmeralda
C.P. 09810, México, D.F.
Tel.: 55 81 32 02
www.lectorum.com.mx
ventas@lectorum.com.mx

L.D. Books
8313 NW 68 Street
Miami, Florida, 33166
Tel. (305) 406 22 92 / 93
ldbooks@bellsouth.net

Primera edición: mayo de 2007

ISBN 10: 970-732-210-1
ISBN 13: 978-970-732-210-3

Impreso y encuadernado en México
Printed and bound in Mexico

Prólogo

John M. Coetzee

Platero y yo comúnmente se concibe como un libro para niños; desde luego, en el mundo librero se comercializa como tal. Sin embargo, en este conjunto de viñetas que se aglutinan en torno a la figura del burro Platero hay muchos elementos que una criatura impresionable difícilmente podrá soportar, además de otros que están más allá del rango de interés de los niños. Por lo tanto, para mí es mejor concebir a *Platero y yo* como las imágenes de la vida de un pueblo —el pueblo de Moguer, en Andalucía, donde nació Juan Ramón Jiménez— tal como lo ve un adulto que, al ser un poeta enormemente sensible, no ha perdido el contacto con la inmediatez de la experiencia infantil, y registradas con la delicadeza y discreción que se requiere cuando a nuestro lado, acompañándonos en nuestro diario quehacer, tenemos un público cuya mirada es inocente y cuyas almas son las impresionables almas infantiles.

Además de la omnipresente mirada infantil, en el libro hay una segunda mirada, más evidente: la mirada del mismo Platero. Para los humanos, los burros no resultan criaturas particularmente hermosas —no tan hermosas como las gacelas o hasta los caballos (por mencionar sólo herbívoros)—, pero tienen la ventaja de poseer hermosos ojos: grandes, oscuros, líquidos —incluso los llamamos expresivos— y con larguísimas pestañas. (En cambio, los ojos de los cerdos, pequeños y rojos, nos parecen menos hermosos, ¿será por eso que no nos es fácil amar o profesar amistad a estas bestias tan inteligentes, amigables y graciosas? Por lo que toca a los insectos, no tienen ojos que podamos reconocer como tales, lo cual los vuelve tan ajenos que nos es muy difícil encontrarles un lugar en nuestro corazón.)

Hay una escena terrible en *Crimen y castigo* en la cual un campesino borracho golpea a una yegua exhausta hasta matarla. Primero la golpea con una barra de hierro y después le golpea los ojos con un garrote, como si por encima de todo tuviera que extinguir su imagen reflejada en los ojos del animal. En *Platero y yo* leemos sobre una vieja yegua que es echada por sus amos pero que insiste en volver, causándoles tal enojo que terminan por matarla a palos y piedras. Platero y su amo (ésta es la palabra que usamos nosotros, pero desde luego no es la que utiliza Jiménez) encuentran a la yegua que yace muerta a la orilla del camino; sus ojos inermes parecen ver finalmente.

"Cuando mueras", le promete el amo a su burrito, "no te abandonaré a la orilla del camino; te enterraré al pie de tu amado pino".

La mirada mutua entre los ojos de este hombre —un hombre del cual los gitanillos se burlan y al cual llaman "loco", que escribe *Platero y yo* en lugar de *Yo y Platero*— y los de "su" burro (aunque nunca piensa en Platero en términos de un objeto que posee) establece un vínculo profundo entre ellos, de manera muy semejante a como se establece un vínculo entre madre e hijo la primera vez que sus miradas se encuentran. Una vez tras otra la mirada mutua del hombre y la bestia se enfatiza. "De vez en cuando, Platero deja de comer, y me mira... Yo, de vez en cuando, dejo de leer, y miro a Platero..."

Platero empieza a existir como individuo —como personaje, de hecho— con una vida y un mundo que ha experimentado por sí mismo en el momento en que el hombre al cual descuidadamente nombro su amo, el loco, mira que

Platero lo mira, y en el acto de mirar lo reconoce como su igual. En este momento "Platero" deja de ser sólo una etiqueta y se convierte en la identidad del burro, en su nombre verdadero, en todo lo que posee en el mundo.

Jiménez no humaniza a Platero; humanizarlo sería traicionar su esencia asnal. Su experiencia del mundo le está negada a los humanos por su misma naturaleza asnal, es impenetrable. Sin embargo, esta férrea barrera se tambalea por instantes, cuando la visión del poeta, como rayo de luz, penetra e ilumina la experiencia de Platero; o, para hacer la misma comparación con distintas palabras, cuando los sentidos que los humanos compartimos con las bestias, aunados al amor de nuestro corazón, nos permiten, gracias a los oficios del escritor Jiménez, intuir dicha experiencia. "Platero, granas de ocaso sus ojos negros, se va, manso, a un charquero de aguas de carmín, de rosa, de violeta; hunde suavemente su boca en los espejos, que parece que se hacen líquidos al tocarlos él; y hay por su enorme garganta como un pasar profuso de umbrías aguas de sangre."

"Yo trato a Platero cual si fuese un niño [...] Lo beso, lo engaño, lo hago rabiar... él comprende bien que lo quiero, y no me guarda rencor. Es tan igual a mí, tan diferente a los demás, que he llegado a creer que sueña mis propios sueños." Estamos al borde mismo de ese momento tan urgentemente añorado en la fantasía de la vida infantil, cuando la barrera entre las especies se viene abajo y nosotros y los animales, a los que durante tanto tiempo hemos exiliado, formáramos una gran unidad. (¿Cuánto tiempo los hemos exiliado? Según el mito judeocristiano, ese exilio se remonta a nuestra expulsión del paraíso, y su final se añora como el día en el que el león yacerá al lado del cordero.)

Vemos al hombre loco, al poeta, comportándose con Platero con la alegría y el afecto que los niños pequeños le profesan a los cachorros y los gatitos; y Platero responde como lo hacen los animales jóvenes con los niños, con iguales alegría y afecto, como si supieran, tan bien como el niño (y como no lo sabe el adulto sobrio y prosaico), que finalmente todos somos hermanos y hermanas en este mundo y que no importa cuán insignificantes seamos, siempre debemos tener alguien a quien amar, o de lo contrario nos secaremos y pereceremos.

Al final Platero muere. Muere porque bebió veneno, pero también porque el tiempo de vida de un burro no es tan amplio como el de un humano. A menos que empecemos a adoptar elefantes o tortugas, sufriremos por la pérdida de nuestros amigos animales más frecuentemente de lo que ellos llorarán la nuestra: ésta es una de las duras enseñanzas que *Platero y yo* no evade. Pero en otro sentido Platero no muere: este "burrito tonto" volverá siempre a nosotros rebuznando, rodeado de niños que ríen y coronado con florecillas gualdas.

Platero y yo

A la memoria de Aguedilla,
la pobre loca de la calle del Sol,
que me mandaba moras y claveles.

Prologuillo

Suele creerse que yo escribí *Platero y yo* para los niños, que es un libro para niños.

No. En 1913, "La Lectura", que sabía que yo estaba con ese libro, me pidió que adelantase un conjunto de sus páginas más idílicas para su "Biblioteca Juventud". Entonces, alterando la idea momentánea, escribí este prólogo:

ADVERTENCIA A LOS HOMBRES QUE LEAN ESTE LIBRO PARA NIÑOS

Este breve libro, en donde la alegría y la pena son gemelas, cual las orejas de Platero, estaba escrito para... ¡qué sé yo para quién!... para quien escribimos los poetas líricos... Ahora que va a los niños, no le quito ni le pongo una coma. ¡Qué bien!

"Dondequiera que haya niños —dice Novalis— existe una edad de oro." Pues por esa edad de oro, que es como una isla espiritual caída del cielo, anda el corazón del poeta, y se encuentra allí tan a gusto, que su mejor deseo sería no tener que abandonarlo nunca.

¡Isla de gracia, de frescura y de dicha, edad de oro de los niños; siempre te hallé yo en mi vida, mar de duelo; y que tu brisa me dé su lira, alta y, a veces, sin sentido, igual que el trino de la alondra en el sol blanco del amanecer!

Yo nunca he escrito ni escribiré nada para niños, porque creo que el niño puede leer los libros que lee el hombre, con determinadas excepciones que a todos se le ocurren. También habrá excepciones para hombres y para mujeres, etc.

I. Platero

Platero es pequeño, peludo, suave; tan blando por fuera, que se diría todo de algodón, que no lleva huesos. Sólo los espejos de azabache de sus ojos son duros cual dos escarabajos de cristal negro.

Lo dejo suelto, y se va al prado, y acaricia tibiamente con su hocico, rozándolas apenas, las florecillas rosas, celestes y gualdas... Lo llamo dulcemente: ¿Platero?, y viene a mí con un trotecillo alegre que parece que se ríe en no sé qué cascabeleo ideal...

Come cuanto le doy. Le gustan las naranjas mandarinas, las uvas moscateles, todas de ámbar; los higos morados, con su cristalina gotita de miel...

Es tierno y mimoso igual que un niño, que una niña...; pero fuerte y seco por dentro como de piedra. Cuando paso sobre él, los domingos, por las últimas callejas del pueblo, los hombres del campo, vestidos de limpio y despaciosos, se quedan mirándolo:

—Tien' asero...

Tiene acero. Acero y plata de luna, al mismo tiempo.

II. Mariposas blancas

La noche cae, brumosa ya y morada. Vagas claridades malvas y verdes perduran tras la torre de la iglesia. El camino sube, lleno de sombras, de campanillas, de fragancia de hierba, de canciones, de cansancio y de anhelo. De pronto, un hombre oscuro, con una gorra y un pincho, roja un instante la cara fea por la luz del cigarro, baja a nosotros de una casucha miserable, perdida entre sacas de carbón. Platero se amedrenta.

—¿Ba argo?

—Vea usted... Mariposas blancas...

El hombre quiere clavar su pincho de hierro en el seroncillo, y no lo evito. Abro la alforja y él no ve nada. Y el alimento ideal pasa, libre y cándido, sin pagar su tributo a los Consumos...

III. Juegos del anochecer

Cuando, en el crepúsculo del pueblo, Platero y yo entramos, ateridos, por la oscuridad morada de la calleja miserable que da al río seco, los niños pobres juegan a asustarse, fingiéndose mendigos. Uno se echa un saco a la cabeza, otro dice que no ve, otro se hace el cojo...

Después, en ese brusco cambiar de la infancia, como llevan unos zapatos y un vestido, y como sus madres, ellas sabrán cómo, les han dado algo de comer, se creen unos príncipes:

—Mi pare tie un reló e plata.

—Y er mío, un cabayo.

—Y er mío, una ejcopeta.

Reloj que levantará a la madrugada, escopeta que no matará el hambre, caballo que llevará a la miseria... El corro, luego. Entre tanta negrura, una niña forastera, que habla de otro modo, la sobrina del Pájaro Verde, con voz débil, hilo de cristal acuoso en la sombra, canta entonadamente, cual una princesa:

Yo soy laaa viudita
del Condeee de Oréé...

... ¡Sí, sí! ¡Cantad, soñad, niños pobres! Pronto, al amanecer vuestra adolescencia, la primavera os asustará, como un mendigo, enmascarada de invierno.

—Vamos, Platero...

IV. El eclipse

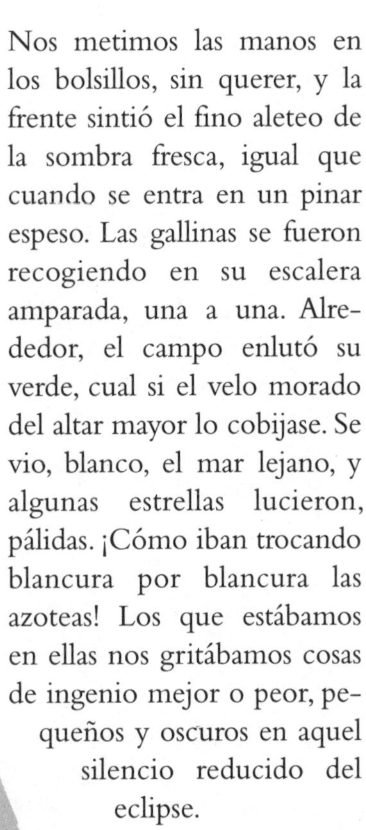

Nos metimos las manos en los bolsillos, sin querer, y la frente sintió el fino aleteo de la sombra fresca, igual que cuando se entra en un pinar espeso. Las gallinas se fueron recogiendo en su escalera amparada, una a una. Alrededor, el campo enlutó su verde, cual si el velo morado del altar mayor lo cobijase. Se vio, blanco, el mar lejano, y algunas estrellas lucieron, pálidas. ¡Cómo iban trocando blancura por blancura las azoteas! Los que estábamos en ellas nos gritábamos cosas de ingenio mejor o peor, pequeños y oscuros en aquel silencio reducido del eclipse.

Mirábamos el sol con todo: con los gemelos de teatro, con el anteojo de larga vista, con una botella, con un cristal ahumado; y desde todas partes: desde el mirador, desde la escalera del corral. desde la ventana del granero, desde la cancela del patio. por sus cristales granas y azules...

Al ocultarse el sol que, un momento antes, todo lo hacía dos, tres, cien veces más grande y mejor con sus complicaciones de luz y oro, todo, sin la transición larga del crepúsculo, lo dejaba solo y pobre, como si hubiera cambiado onzas primero y luego plata por cobre. Era el pueblo como un perro chico, mohoso y ya sin cambio. ¡Qué tristes y qué pequeñas las calles, las plazas, la torre, los caminos de los montes!

Platero parecía, allá en el corral, un burro menos verdadero, diferente y recortado; otro burro...

V. Escalofrío

La luna viene con nosotros, grande, redonda, pura. En los prados soñolientos se ven, vagamente, no sé qué cabras negras, entre las zarzamoras... Alguien se esconde, tácito, a nuestro pasar... Sobre el vallado, un almendro inmenso, níveo de flor y de luna, revuelta la copa con una nube blanca, cobija el camino asaeteado de estrellas de marzo... Un olor penetrante a naranjas..., humedad y silencio... La cañada de las Brujas...

—¡Platero, qué... frío!

Platero, no sé si con su miedo o con el mío, trota, entra en el arroyo, pisa la luna y la hace pedazos. Es como si un enjambre de claras rosas de cristal se enredara, queriendo retenerlo, a su trote...

Y trota Platero, cuesta arriba, encogida la grupa cual si alguien le fuese a alcanzar, sintiendo ya la tibieza suave, que parece que nunca llega, del pueblo que se acerca...

VI. La miga

Si tú vinieras, Platero, con los demás niños, a la miga, aprenderías el a, b, c, y escribirías palotes. Sabrías tanto como el burro de las Figuras de cera —el amigo de la Sirenita del Mar, que aparece coronado de flores de trapo, por el cristal que muestra a ella, rosa toda, carne y oro, en su verde elemento—; más que el médico y el cura de Palos, Platero.

Pero, aunque no tienes más que cuatro años, ¡eres tan grandote y tan poco fino! ¿En qué sillita te ibas a sentar tú, en qué mesa ibas tú a escribir, qué cartilla ni qué pluma te bastarían, en qué lugar del corro ibas a cantar, di, el Credo?

No. Doña Domitila —de hábito de Padre Jesús de Nazareno, morado todo con el cordón amarillo, igual que Reyes, el besuguero—, te tendría, a lo mejor, dos horas de rodillas en un rincón del patio de los plátanos, o te daría con su larga caña seca en las manos, o se comería la carne

de membrillo de tu merienda, o te pondría un papel ardiendo bajo el rabo y tan coloradas y tan calientes las orejas como se le ponen al hijo del aperador cuando va a llover...

No, Platero, no. Vente tú conmigo. Yo te enseñaré las flores y las estrellas. Y no se reirán de ti como de un niño torpón, ni te pondrán, cual si fueras lo que ellos llaman un burro, el gorro de los ojos grandes ribeteados de añil y almagra, como los de las barcas del río, con dos orejas dobles que las tuyas.

VII. El loco

Vestido de luto, con mi barba nazarena y mi breve sombrero negro, debo cobrar un extraño aspecto cabalgando en la blandura gris de Platero.

Cuando, yendo a las viñas, cruzo las últimas calles, blancas de cal con sol, los chiquillos gitanos, aceitosos y peludos, fuera de los harapos verdes, rojos y amarillos, las tensas barrigas tostadas, corren detrás de nosotros, chillando largamente:

—¡El loco! ¡El loco! ¡El loco!

... Delante "está el campo, ya verde. Frente al cielo inmenso y puro, de un incendiado añil, mis ojos —¡tan lejos de mis oídos!— se abren noblemente, recibiendo en su calma esa placidez sin nombre, esa serenidad armoniosa y divina que vive en el sinfín del horizonte...

Y quedan, allá lejos, por las altas eras, unos agudos gritos, velados, finamente entrecortados, jadeantes, aburridos:

—¡El lo... co! ¡El lo... co!

VIII. Judas

¡No te asustes, hombre! ¿Qué te pasa? Vamos, quietecito... Es que están matando a Judas, tonto.

Sí. Están matando a Judas. Tenían puesto uno en el Monturrio, otro en la calle de Enmedio; otro, ahí, en el Pozo del Concejo. Yo los vi anoche, fijos como por una fuerza sobrenatural en el aire, invisible en la oscuridad la cuerda que, de doblado a balcón, los sostenía. ¡Qué grotescas mescolanzas de viejos sombreros de copa y mangas de mujer, de caretas de ministros y miriñaques, bajo las estrellas serenas! Los perros les ladraban sin irse del todo, y los caballos, recelosos, no querían pasar bajo ellos...

Ahora las campanas dicen, Platero, que el velo del altar mayor se ha roto. No creo que haya quedado escopeta en el pueblo sin disparar a Judas. Hasta aquí llega el olor de la pólvora. ¡Otro tiro! ¡Otro!

... Sólo que Judas, hoy, Platero, es el diputado, o la maestra, o el forense, o el recaudador, o el alcalde, o la comadrona; y cada hombre descarga su escopeta cobarde, hecho niño esta mañana del Sábado Santo, contra el que tiene su odio, en una superposición de vagos y absurdos simulacros primaverales.

IX. Las brevas

Fue el alba neblinosa y cruda, buena para las brevas, y, con las seis, nos fuimos a comerlas a la Rica.

Aún, bajo las grandes higueras centenarias, cuyos troncos grises enlazaban en la sombra fría, como bajo una falda, sus muslos opulentos, dormitaba la noche; y las anchas hojas —que se pusieron Adán y Eva— atesoraban un fino tejido de perlillas de rocío que empalidecía su blanda verdura. Desde allí dentro se veía, entre la baja esmeralda viciosa, la aurora que rosaba, más viva cada vez, los velos incoloros del Oriente.

... Corríamos, locos, a ver quién llegaba antes a cada higuera. Rociillo cogió conmigo la primera hoja de una, en un sofoco de risas y palpitaciones. "Toca aquí." Y me ponía mi mano, con la suya, en su corazón, sobre el que el pecho joven subía y bajaba como una menuda ola prisionera. Adela apenas sabía correr, gordiflona y chica, y se enfadaba desde lejos. Le arranqué a Platero unas cuantas brevas maduras y se las puse sobre el asiento de una cepa vieja, para que no se aburriera.

El tiroteo lo comenzó Adela, enfadada por su torpeza, con risas en la boca y lágrimas en los ojos. Me estrelló una breva en la frente. Seguimos Rociillo y yo y, más que nunca por la boca, comimos brevas por los ojos, por la nariz, por las mangas, por la nuca, en un griterío agudo y sin tregua que caía, con las brevas desapuntadas, en las viñas frescas del amanecer. Una breva le dio a Platero, y ya fue el blanco de la locura. Como el infeliz no podía defenderse ni contestar, yo tomé su partido; y un diluvio blando y azul cruzó el aire puro, en todas direcciones, como una metralla rápida.

Un doble reír, caído y cansado, expresó desde el suelo el femenino rendimiento.

X. ¡Ángelus!

Mira, Platero, qué de rosas caen por todas partes: rosas azules, rosas blancas, sin color... Diríase que el cielo se deshace en rosas. Mira cómo se me llenan de rosas la frente, los hombros, las manos... ¿Qué haré yo con tantas rosas?

—¿Sabes tú, quizá, de dónde es esta blanda flora, que yo no sé de dónde es, que enternece, cada día, el paisaje y lo deja dulcemente rosado, blanco y celeste —más rosas, más rosas—, como un cuadro de Fra Angélico, el que pintaba la gloria de rodillas?

De las siete galerías del Paraíso se creyera que tiran rosas a la tierra. Cual en una nevada tibia y vagamente colorida, se quedan las rosas en la torre, en el tejado, en los árboles. Mira: todo lo fuerte se hace, con su adorno, delicado. Más rosas, más rosas, más rosas...

Parece, Platero, mientras suena el Angelus, que esta vida nuestra pierde su fuerza cotidiana, y que otra fuerza de adentro, más altiva, más constante y más pura, hace que todo, como en surtidores de gracia, suba a las estrellas, que se encienden ya entre las rosas... Más rosas... Tus ojos, que tú no ves, Platero, y que alzas mansamente al cielo, son dos bellas rosas.

XI. El moridero

Tú, si te mueres antes que yo, no irás, Platero mío, en el carrillo del pregonero, a la marisma inmensa, ni al barranco del camino de los montes, como los otros pobres burros, como los caballos y los perros que no tienen quien los quiera. No serás, descarnadas y sangrientas tus costillas por los cuervos —tal la espina de un barco sobre el ocaso grana—, el espectáculo feo de los viajantes de comercio que van a la estación de San Juan en el coche de las seis; ni, hinchado y rígido entre las almejas podridas de la gavia, el susto de los niños que, temerarios y curiosos, se asoman al borde de la cuesta, cogiéndose a las ramas, cuando salen las tardes de domingo, al otoño, a comer piñones tostados por los pinares.

Vive tranquilo, Platero. Yo te enterraré al pie deI pino grande y redondo del huerto de la Piña, que a ti tanto te gusta. Estarás al lado de la vida alegre y serena. Los niños jugarán y coserán las niñas en sus sillitas bajas a tu lado. Sabrás los versos que la soledad me traiga. Oirás cantar a las muchachas cuando lavan en el naranjal, y el ruido de la noria será gozo y frescura de tu paz eterna. Y, todo el año, los jilgueros, los chamarices y los verderones te pondrán, en la salud perenne de la copa, un breve techo de música entre tu sueño tranquilo y el infinito cielo de azul constante de Moguer.

XII. La púa

Entrando en la dehesa de los Caballos, Platero ha comenzado a cojear. Me he echado al suelo...

—Pero, hombre, ¿qué te pasa?

Platero ha dejado la mano derecha un poco levantada, mostrando la ranilla, sin fuerza y sin peso, sin tocar casi con el casco la arena ardiente del camino.

Con una solicitud mayor, sin duda, que la del viejo Darbón, su médico, le he doblado la mano y le he mirado la ranilla roja. Una púa larga y verde, de naranjo sano, está clavada en ella como un redondo puñalillo de esmeralda. Estremecido del dolor de Platero, he tirado de la púa; y me lo he llevado al pobre al arroyo de los lirios amarillos, para que el agua corriente le lama, con su larga lengua pura, la heridilla.

Después, hemos seguido hacia la mar blanca, yo delante, él detrás, cojeando todavía y dándome suaves topadas en la espalda...

XIII. Golondrinas

Ahí la tienes ya, Platero, negrita y vivaracha en su nido gris del cuadro de la Virgen de Montemayor, nido respetado siempre. Está la infeliz como asustada. Me parece que esta vez se han equivocado las pobres golondrinas, como se equivocaron, la semana pasada, las gallinas, recogiéndose en su cobijo cuando el sol de las dos se eclipsó. La primavera tuvo la coquetería de levantarse este año más temprano; pero ha tenido que guardar de nuevo, tiritando, su tierna desnudez en el lecho nublado de marzo. ¡Da pena ver marchitarse, en capullo, las rosas vírgenes del naranjal!

Están ya aquí, Platero, las golondrinas, y apenas se las oye, como otros años, cuando el primer día de llegar lo saludan y lo curiosean todo, charlando sin tregua en su rizado gorjeo. Le contaban a las flores lo que habían visto en África, sus dos viajes por el mar, echadas en el agua, con el ala por vela, o en las jarcias de los barcos; de otros ocasos, de otras auroras, de otras noches con estrellas...

No saben qué hacer. Vuelan mudas, desorientadas, como andan las hormigas cuando un niño les pisotea el camino. No se atreven a subir y bajar por la calle Nueva en insistente línea recta con aquel adornito al fin, ni a entrar en sus nidos de los pozos, ni a ponerse en los alambres del telégrafo, que el Norte hace zumbar, en su cuadro clásico de carteras, junto a los aisladores blancos... ¡Se van a morir de frío, Platero!

XIV. La cuadra

Cuando, al mediodía, voy a ver a Platero, un transparente rayo del sol de las doce enciende un gran lunar de oro en la plata blanda de su lomo. Bajo su barriga, por el oscuro suelo, vagamente verde, que todo lo contagia de esmeralda, el techo viejo llueve claras monedas de fuego.

Diana, que está echada entre las patas de Platero, viene a mí, bailarina, y me pone sus manos en el pecho, anhelando lamerme la boca con su lengua rosa. Subida en lo más alto del pesebre, la cabra me mira curiosa, doblando la fina cabeza de un lado y de otro, con una femenina distinción. Entre tanto, Platero, que, antes de entrar yo, me había ya saludado con un levantado rebuzno, quiere romper su cuerda, duro y alegre al mismo tiempo.

Por el tragaluz, que trae el irisado tesoro del cenit, me voy un momento, rayo de sol arriba, al cielo, desde aquel idilio. Luego, subiéndome a una piedra, miro el campo.

El paisaje verde nada en la lumbrarada florida y soñolienta, y en el azul limpio que encuadra el muro astroso, suena, dejada y dulce, una campana.

XV. El potro castrado

Era negro, con tornasoles granas, verdes y azules, todos de plata, como los escarabajos y los cuervos. En sus ojos nuevos rojeaba a veces un fuego vivo, como en el puchero de Ramona, la castañera de la plaza del Marqués. ¡Repiqueteo de su trote corto, cuando de la Friseta de arena entraba, campeador, por los adoquines de la calle Nueva! ¡Qué ágil, qué nervioso, qué agudo fue, con su cabeza pequeña y sus remos finos!

Pasó, noblemente, la puerta baja del bodegón, más negro que él mismo sobre el colorado sol del Castillo, que era fondo deslumbrante de la nave, suelto el andar, juguetón con todo. Después, saltando el tronco de pino, umbral de la puerta, invadió de alegría el corral verde y de estrépito de gallinas, palomas y gorriones. Allí lo esperaban cuatro hombres, cruzados los velludos brazos sobre las camisetas de colores. Lo llevaron bajo la pimienta. Tras una lucha áspera y breve, cariñosa un punto, ciega luego, lo tiraron sobre el estiércol, y, sentados todos sobre él, Darbón cumplió su oficio, poniendo un fin a su luctuosa y mágica hermosura.

Thy unus'd beauty must be tomb'd with thee,
Which used, lives th'executor to be.

—dice Shakespeare a su amigo.

... Quedó el potro, hecho caballo, blando, sudoroso, extenuado y triste. Un solo hombre lo levantó, y, tapándolo con una manta, se lo llevó, lentamente, calle abajo.

¡Pobre nube vana, rayo ayer, templado y sólido! Iba como un libro descuadernado. Parecía que ya no estaba sobre la tierra; que entre sus herraduras y las piedras, un elemento nuevo lo aislaba, dejándolo sin razón, igual que un árbol desarraigado, cual un recuerdo, en la mañana violenta, entera y redonda de primavera.

XVI. La casa de enfrente

¡Qué encanto siempre, Platero, en mi niñez, el de la casa de enfrente a la mía! Primero, en la calle de la Ribera, la casilla de Arreburra, el aguador, con su corral al Sur, dorado siempre de sol, desde donde yo miraba a Huelva, encaramándome en la tapia. Alguna vez me dejaban ir, un momento, y la hija de Arreburra, que entonces me parecía una mujer, y que ahora, ya casada, me parece como entonces, me daba azamboas y besos... Después, en la calle Nueva —luego Cánovas, luego Fray Juan Pérez—, la casa de don José, el dulcero de Sevilla, que me deslumbraba con sus botas de cabritilla de oro, que ponía en la pita de su patio cascarones de huevos, que pintaba de amarillo canario con fajas de azul marino las puertas de su zaguán; que venía, a veces, a mi casa, y mi padre le daba dinero, y él le hablaba siempre del olivar... ¡Cuántos sueños le ha mecido a mi infancia esa pobre pimienta que, desde mi balcón, veía yo, llena de gorriones, sobre el tejado de don José! (Eran dos pimientas que no uní nunca: una, la que veía, copa con viento o sol, desde mi balcón; otra, la que veía en el corral de don José, desde su tronco...)

Las tardes claras, las siestas de lluvia, a cada cambio leve de cada día o de cada hora, ¡qué interés, qué atractivo tan extraordinario, desde mi cancela, desde mi ventana, desde mi balcón, en el silencio de la calle, el de la casa de enfrente!

XVII. El niño tonto

Siempre que volvíamos por la calle de San José, estaba el niño tonto a la puerta de su casa, sentado en su sillita, mirando el pasar de los otros. Era uno de esos pobres niños a quienes no llega nunca el don de la palabra ni el regalo de la gracia; niño alegre él y triste de ver; todo para su madre, nada para los demás. Un día, cuando pasó por la calle blanca aquel mal viento negro, no vi ya al niño en su puerta. Cantaba un pájaro en el solitario umbral, y yo me acordé de Curros, padre más que poeta, que, cuando se quedó sin su niño, le preguntaba por él a la mariposa gallega:

Volvoreta d'aliñas douradas...

Ahora que viene la primavera, pienso en el niño tonto, que desde la calle de San José se fue al cielo. Estará sentado en su sillita, al lado de las rosas únicas, viendo con sus ojos, abiertos otra vez, el dorado pasar de los gloriosos.

XVIII. La fantasma

La mayor diversión de Anilla la Manteca, cuya fogosa y fresca juventud fue manadero sin fin de alegrones, era vestirse de fantasma. Se envolvía toda en una sábana, añadía harina al azucenón de su rostro, se ponía dientes de ajo en los dientes, y cuando, ya después de cenar, soñábamos, medio dormidos, en la salita, aparecía ella de improviso por la escalera de mármol, con un farol encendido, andando lenta, imponente y muda. Era, vestida ella de aquel modo, como si su desnudez se hubiese hecho túnica. Sí. Daba espanto la visión sepulcral que traía de los altos oscuros; pero, al mismo tiempo, fascinaba su blancura sola, con no sé qué plenitud sensual...

Nunca olvidaré, Platero, aquella noche de septiembre. La tormenta palpitaba sobre el pueblo hacía una hora, como un corazón malo, descargando agua y piedra entre la desesperadora insistencia del relámpago y del trueno. Rebosaba ya el aljibe e inundaba el patio. Los últimos acompañamientos —el coche de las nueve, las ánimas, el cartero— habían ya pasado... Fui, tembloroso, a beber al comedor, y en la verde blancura de un relámpago, vi el eucalipto de las Velarde —el árbol del cuco, como le decíamos, que cayó aquella noche—, doblado todo sobre el tejado del alpende...

De pronto, un espantoso ruido seco, como la sombra de un grito de luz que nos dejó ciegos, conmovió la casa. Cuando volvimos a la realidad, todos estábamos en sitio diferente del que teníamos un momento antes, y como solos todos, sin afán ni sentimiento de los demás. Uno se quejaba de la cabeza, otro de los ojos, otro del corazón... Poco a poco fuimos tornando a nuestros sitios.

Se alejaba la tormenta... La luna, entre unas nubes enormes que se rajaban de abajo arriba, encendía de blanco en el patio el agua que todo lo colmaba. Fuimos mirándolo todo. Lord iba y venía a la escalera del corral, ladrando loco. Lo seguimos... Platero, abajo ya, junto a la flor de la noche que mojada, exhalaba un nauseabundo olor, la pobre Anilla, vestida de fantasma, estaba muerta, aún encendido el farol en su mano negra por el rayo.

XIX. Paisaje grana

La cumbre. Ahí está el ocaso, todo empurpurado, herido por sus propios cristales, que le hacen sangre por doquiera. A su esplendor, el pinar verde se agria, vagamente enrojecido; y las hierbas y las florecillas, encendidas y transparentes, embalsaman el instante sereno de una esencia mojada, penetrante y luminosa.

Yo me quedo extasiado en el crepúsculo. Platero, granas de ocaso sus ojos negros, se va, manso, a un charquero de aguas de carmín, de rosa, de violeta; hunde suavemente su boca en los espejos, que parece que se hacen líquidos al tocarlos él; y hay por su enorme garganta como un pasar profuso de umbrías aguas de sangre.

El paraje es conocido; pero el momento lo trastorna y lo hace extraño, ruinoso y monumental. Se dijera, a cada instante, que vamos a descubrir un palacio abandonado... La tarde se prolonga más allá de sí misma, y la hora, contagiada de eternidad, es infinita, pacífica, insondeable...

—Anda, Platero.

XX. El loro

Estábamos jugando con Platero y con el loro, en el huerto de mi amigo, el médico francés, cuando una mujer joven, desordenada y ansiosa, llegó, cuesta abajo, hasta nosotros. Antes de llegar, avanzando el negro ser angustiado a mí, me había suplicado:

—Zeñorito, ¿ejtá ahí eze médico?

Tras ella venían ya unos chiquillos astrosos, que, a cada instante, jadeando, miraban camino arriba; al fin, varios hombres que traían a otro, lívido y decaído. Era un cazador furtivo de esos que cazan venados en el coto de Doñana. La escopeta, una absurda escopeta vieja amarrada con tomiza, se le había reventado, y el cazador traía el tiro en un brazo. Mi amigo se llegó, cariñoso, al herido; le levantó unos míseros trapos que le habían puesto, le lavó la sangre y le fue tocando huesos y músculos. De cuando en cuando me decía:

—*Ce n'est rien...*

Caía la tarde. De Huelva llegaba un olor a marisma, a brea, a pescado... Los naranjos redondeaban, sobre el poniente rosa, sus apretados terciopelos de esmeralda. En una lila, lila y verde, el loro, verde y rojo, iba y venía, curioseándonos con sus ojitos redondos.

Al pobre cazador se le llenaban de sol las lágrimas saltadas; a veces dejaba oír un ahogado grito. Y el loro:

—*Ce n'est rien...*

Mi amigo ponía al herido algodones y vendas... El pobre hombre:

—¡Aaay!

Y el loro, entre las lilas:

—*Ce n'est rien... Ce n'est rien...*

XXI. La azotea

Tú, Platero, no has subido nunca a la azotea. No puedes saber qué honda respiración ensancha el pecho cuando, al salir a ella de la escalerilla oscura de madera, se siente uno quemado en el sol pleno del día, anegado de azul como al lado mismo del cielo, ciego del blancor de la cal, con la que, como sabes, se da al suelo de ladrillo para que venga limpia al aljibe el agua de las nubes.

¡Qué encanto el de la azotea! Las campanas de la torre están sonando en nuestro pecho, al nivel de nuestro corazón, que late fuerte; se ven brillar, lejos, en las viñas, los azadones, con una chispa de plata y sol; se domina todo: las otras azoteas, los corrales, donde la gente, olvidada, se afana, cada uno en lo suyo —el sillero, el pintor, el tonelero—; las manchas de arbolado de los corralones, con el toro o la cabra; el cementerio, adonde a veces llega, pequeñito, apretado y negro, un inadvertido entierro de tercera; ventanas con una muchacha en camisa que se peina, descuidada, cantando; el río, con un barco que no acaba de entrar; graneros, donde un músico solitario ensaya el cornetín, o donde el amor violento hace, redondo, ciego y cerrado, de las suyas...

La casa desaparece como un sótano. ¡Qué extraño, por la montera de cristales, la vida ordinaria de abajo: las palabras, los ruidos, el jardín mismo, tan bello desde él; tú, Platero, bebiendo, en el pilón, sin verme, o jugando, como un tonto, con el gorrión o la tortuga!

XXII. Retorno

Veníamos los dos, cargados, de los montes: Platero, de almoraduj; yo, de lirios amarillos.

Caía la tarde de abril. Todo lo que en el Poniente había sido cristal de oro, era luego cristal de plata; una alegoría, lisa y luminosa, de azucenas de cristal. Después, el vasto cielo fue cual un zafiro transparente, trocado en esmeralda. Yo volvía triste...

Ya en la cuesta, la torre del pueblo, coronada de refulgentes azulejos, cobraba, en el levantamiento de la hora pura, un aspecto monumental. Parecía, de cerca, como una Giralda vista de lejos, y mi nostalgia de ciudades, aguda con la primavera, encontraba en ella un consuelo melancólico.

Retorno..., ¿adónde?, ¿de qué?, ¿para qué?... Pero los lirios que venían conmigo olían más en la frescura tibia de la noche que se entraba; olían con un olor más penetrante y, al mismo tiempo, más vago, que salía de la flor sin verse la flor, flor de olor sólo que embriagaba el cuerpo y el alma desde la sombra solitaria.

—¡Alma mía, lirio en la sombra! —dije.

Y pensé, de pronto, en Platero, que, aunque iba debajo de mí, se me había, como si fuera mi cuerpo, olvidado.

XXIII. La verja cerrada

Siempre que íbamos a la bodega del Diezmo, yo daba la vuelta por la pared de la calle de San Antonio y me venía a la verja cerrada que da al campo. Ponía mi cara contra los hierros y miraba a derecha e izquierda, sacando los ojos ansiosamente, cuanto mi vista podía alcanzar. De su mismo umbral, gastado y perdido entre ortigas y malvas, una vereda sale y se borra, bajando, en las Angustias. Y, vallado suyo abajo, va un camino ancho y hondo por el que nunca pasé...

¡Qué mágico embeleso ver, tras el cuadro de hierros de la verja, el paisaje y el cielo mismos que fuera de ella se veían! Era como si una techumbre y una pared de ilusión

quitaran de lo demás el espectáculo, para dejarlo solo a través de la verja cerrada... Y se veía la carretera, con su puente y sus álamos de humo, y el horno de ladrillos, y las lomas de Palos, y los vapores de Huelva, y, al anochecer, las luces del muelle de Riotinto, y el eucalipto grande y solo de los Arroyos sobre el morado ocaso último...

Los bodegueros me decían, riendo, que la verja no tenía llave... En mis sueños, con las equivocaciones del pensamiento sin cauce, la verja daba a los más prodigiosos jardines, a los campos más maravillosos... Y así como una vez intenté, fiado en mi pesadilla, bajar volando la escalera de mármol, fui, mil veces, con la mañana, a la verja, seguro de hallar tras ella lo que mi fantasía mezclaba, no sé si queriendo o sin querer, a la realidad...

XXIV. Don José, el cura

Ya, Platero, va ungido y hablando con miel. Pero la que, en realidad, es siempre angélica, es su burra, la Señora.

Creo que lo viste un día en su huerta, calzones de marinero, sombrero ancho, tirando palabrotas y guijarros a los chiquillos que le robaban las naranjas. Mil veces has mirado, los viernes, al pobre Baltasar, su casero, arrastrando por los caminos la quebradura, que parece el globo del circo, hasta el pueblo, para vender sus míseras escobas o para rezar con los pobres por los muertos de los ricos...

Nunca oí hablar más mal a un hombre ni remover con sus juramentos más alto el cielo. Es verdad que él sabe, sin duda, o al menos así lo dice en su misa de las cinco, dónde y cómo está allí cada cosa... El árbol, el terrón, el agua, el viento, la candela; todo esto, tan gracioso, tan blando, tan fresco, tan puro, tan vivo, parece que son para él ejemplo de desorden, de dureza, de frialdad, de violencia, de ruina. Cada día, las piedras todas del huerto reposan la noche en otro sitio, disparadas, en furiosa hostilidad, contra pájaros y lavanderas, niños y flores.

A la oración, se trueca todo. El silencio de don José se oye en el silencio del campo. Se pone sotana, manteo y sombrero de teja, y, casi sin mirada, entra en el pueblo oscuro, sobre su burra lenta, como Jesús en la muerte...

XXV. La primavera

¡Ay, qué relumbres y olores!
¡Ay, cómo ríen los prados!
¡Ay, qué alboradas se oyen!
Romance popular

En mi duermevela matinal, me malhumora una endiablada chillería de chiquillos. Por fin, sin poder dormir más, me echo, desesperado, de la cama. Entonces, al mirar el campo por la ventana abierta, me doy cuenta de que los que alborotan son los pájaros.

Salgo al huerto y canto gracias al Dios del día azul. ¡Libre concierto de picos, fresco y sin fin! La golondrina riza, caprichosa, su gorjeo en el pozo; silba el mirlo sobre la naranja caída; de fuego, la oropéndola charla, de chaparro en chaparro; el chamariz ríe larga y menudamente en la cima del eucalipto, y, en el pino grande, los gorriones discuten desaforadamente.

¡Cómo está la mañana! El sol pone en la tierra su alegría

de plata y oro; mariposas de cien colores juegan por todas partes, entre las flores, por la casa —ya dentro, ya fuera—, en el manantial. Por doquiera, el campo se abre en estallidos, en crujidos, en un hervidero de vida sana y nueva.

Parece que estuviéramos dentro de un gran panal de luz, que fuese el interior de una inmensa y cálida rosa encendida.

XXVI. El aljibe

Míralo; está lleno de las últimas lluvias, Platero. No tiene eco, ni se ve, allá en su fondo, como cuando está bajo, el mirador con sol, joya policroma tras los cristales amarillos y azules de la montera.

Tú no has bajado nunca al aljibe, Platero. Yo sí; bajé cuando lo vaciaron, hace años. Mira: tiene una galería larga, y luego un cuarto pequeñito. Cuando entré en él, la vela que llevaba se me apagó y una salamandra se me puso en la mano. Dos fríos terribles se cruzaron en mi pecho cual dos espadas que se cruzaran como dos fémures bajo una calavera... Todo el pueblo está socavado de aljibes y galerías, Platero. El aljibe más grande es el del patio del Salto del Lobo, plaza de la ciudadela antigua del Castillo. El mejor es este de mi casa, que, como ves, tiene el brocal esculpido en una pieza sola de mármol alabastrino. La galería de la iglesia va hasta la viña de los Puntales y allí se abre al campo, junto al

río. La que sale del Hospital nadie se ha atrevido a seguirla del todo, porque no se acaba nunca...

Recuerdo, cuando era niño, las noches largas de lluvia, en que me desvelaba el rumor sollozante del agua redonda que caía, de la azotea, en el aljibe. Luego, a la mañana, íbamos, locos, a ver hasta dónde había llegado el agua. Cuando estaba hasta la boca, como está hoy, ¡qué asombro, qué gritos, qué admiración!

... Bueno, Platero. Y ahora voy a darte un cubo de esta agua pura y fresquita, el mismo cubo que se bebía de una vez Villegas, el pobre Villegas, que tenía el cuerpo achicharrado ya del coñac y del aguardiente...

XXVII. El perro sarnoso

Venía, a veces, flaco y anhelante, a la casa del huerto. El pobre andaba siempre huido, acostumbrado a los gritos y a las pedreas. Los mismos perros le enseñaban los colmillos. Y se iba otra vez, en el sol del mediodía, lento y triste, monte abajo.

Aquella tarde llegó detrás de Diana. Cuando yo salía, el guarda, que en un arranque de mal corazón había sacado la escopeta, disparó contra él. No tuve tiempo de evitarlo. El mísero, con el tiro en las entrañas, giró vertiginosamente un momento, en un redondo aullido agudo y cayó muerto bajo una acacia.

Platero miraba al perro fijamente, erguida la cabeza. Diana, temerosa, andaba escondiéndose de uno en otro. El guarda, arrepentido quizá, daba largas razones no sabía a quién, indignándose sin poder, queriendo acallar su remordimiento. Un velo parecía enlutecer el sol; un velo grande, como el velo pequeñito que nubló el ojo sano del perro asesinado.

Abatidos por el viento del mar, los eucaliptos lloraban, más recientes cada vez hacia la tormenta, en el hondo silencio aplastante que la siesta tendía por el campo aún de oro, sobre el perro muerto.

XXVIII. Remanso

Espérate, Platero... O pace un rato en ese prado tierno, si lo prefieres. Pero déjame ver a mí este remanso bello, que no veo hace tantos años...

Mira cómo el sol, pasando su agua espesa, le alumbra la honda belleza verdeoro, que los lirios de celeste frescura de la orilla contemplan extasiados... Son escaleras de terciopelo, bajando en repetido laberinto; grutas mágicas con todos los aspectos ideales que una mitología de ensueño trajese a la desbordada imaginación de un pintor interno; jardines venustianos que hubiera creado la melancolía permanente de una reina loca de grandes ojos verdes; palacios en ruinas, como aquel que vi en aquel mar de la tarde, cuando el sol poniente hería, oblicuo, el agua baja... Y más, y más, y más; cuanto el sueño más difícil pudiera robar, tirando a la belleza fugitiva de su túnica infinita, al cuadro recordado de una hora de primavera con dolor, en un jardín de olvido que no existiera del todo... Todo pequeñito, pero inmenso, porque parece distante; clave de sensaciones innumerables, tesoro del mago más viejo de la fiebre...

Este remanso, Platero, era mi corazón antes. Así me lo sentía, bellamente envenenado, en su soledad, de prodigiosas exuberancias detenidas... Cuando el amor humano lo hirió, abriéndole su dique, corrió la sangre corrompida, hasta dejarlo puro, limpio y fácil, como el arroyo de los Llanos, Platero, en la más abierta, dorada y caliente hora de abril.

A veces, sin embargo, una pálida mano antigua me lo

trae a su remanso de antes, verde y solitario, y allí lo deja encantado, fuera de él, respondiendo a las llamadas claras, "por endulzar su pena", como Hylas a Alcides en el idilio de Chénier, que ya te he leído, con una voz "desentendida y vana"...

XXIX. Idilio de abril

Los niños han ido con Platero al arroyo o de los chopos, y ahora lo traen trotando, entre juegos sin razón y risas desproporcionadas, todo cargado de flores amarillas. Allá abajo les ha llovido —aquella nube fugaz que veló el prado verde con sus hilos de oro y plata, en los que tembló, como en una lira de llanto, el arco iris—. Y sobre la empapada lana del asnucho, las campanillas mojadas gotean todavía.

¡Idilio fresco, alegre, sentimental! ¡Hasta el rebuzno de Platero se hace tierno bajo la dulce carga llovida! De cuando en cuando vuelve la cabeza y arranca las flores a que su bocota alcanza. Las campanillas, níveas y gualdas, le cuelgan, un momento, entre el blanco babear verdoso y luego se le van a la barrigota cinchada. ¡Quién, como tú, Platero, pudiera comer flores..., y que no le hicieran daño!

¡Tarde equívoca de abril!... Los ojos brillantes y vivos de Platero copian toda la hora del sol y lluvia, en cuyo ocaso, sobre el campo de San Juan, se ve llover, deshilachada, otra nube rosa.

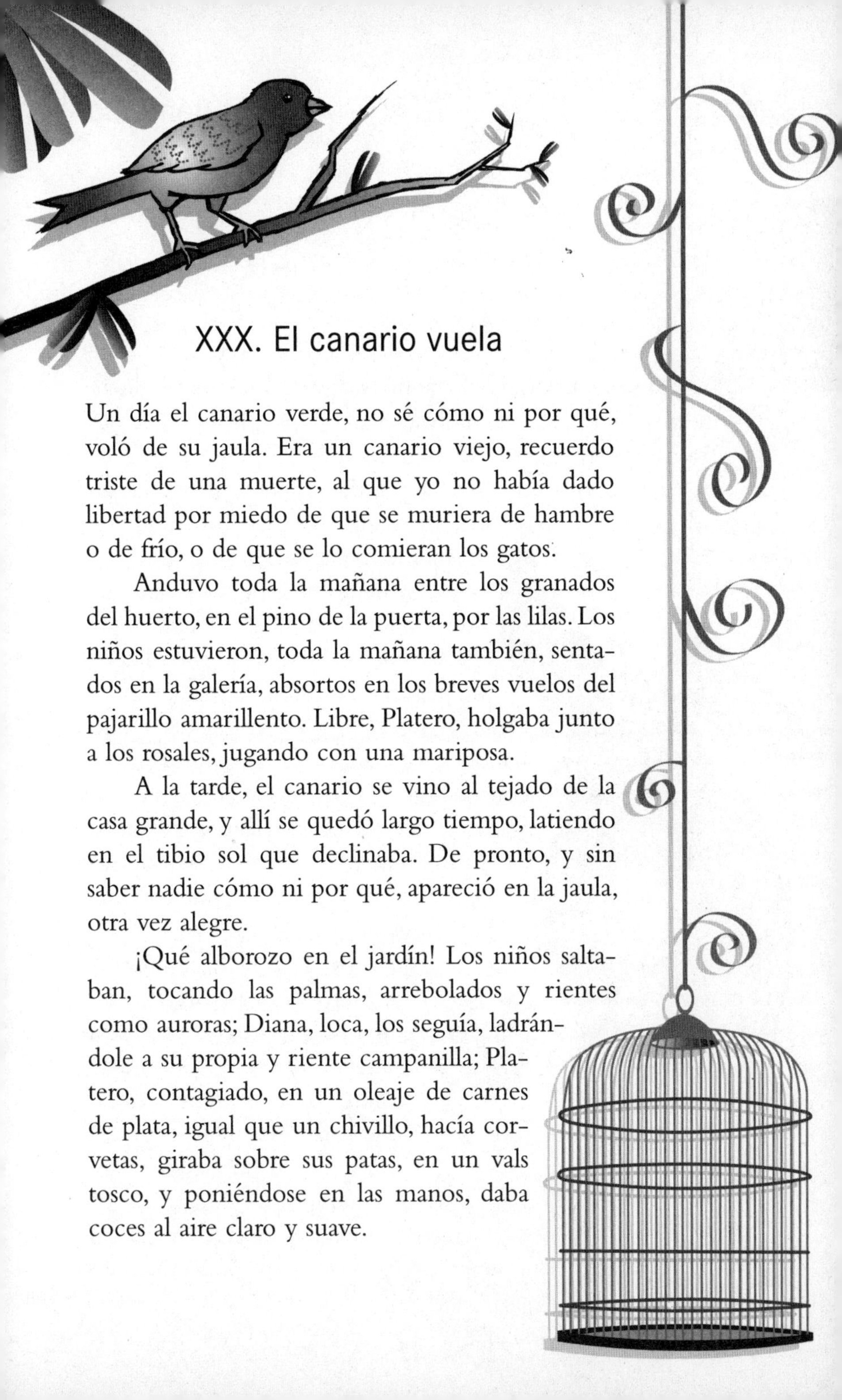

XXX. El canario vuela

Un día el canario verde, no sé cómo ni por qué, voló de su jaula. Era un canario viejo, recuerdo triste de una muerte, al que yo no había dado libertad por miedo de que se muriera de hambre o de frío, o de que se lo comieran los gatos.

Anduvo toda la mañana entre los granados del huerto, en el pino de la puerta, por las lilas. Los niños estuvieron, toda la mañana también, sentados en la galería, absortos en los breves vuelos del pajarillo amarillento. Libre, Platero, holgaba junto a los rosales, jugando con una mariposa.

A la tarde, el canario se vino al tejado de la casa grande, y allí se quedó largo tiempo, latiendo en el tibio sol que declinaba. De pronto, y sin saber nadie cómo ni por qué, apareció en la jaula, otra vez alegre.

¡Qué alborozo en el jardín! Los niños saltaban, tocando las palmas, arrebolados y rientes como auroras; Diana, loca, los seguía, ladrándole a su propia y riente campanilla; Platero, contagiado, en un oleaje de carnes de plata, igual que un chivillo, hacía corvetas, giraba sobre sus patas, en un vals tosco, y poniéndose en las manos, daba coces al aire claro y suave.

XXXI. El demonio

De pronto, con un duro y solitario trote, doblemente sucio en una alta nube de polvo, aparece, por la esquina del Trasmuro, el burro. Un momento después, jadeantes, subiéndose los caídos pantalones de andrajos, que les dejan fuera las oscuras barrigas, los chiquillos, tirándole rodrigones y piedras...

Es negro, grande, viejo, huesudo —otro arcipreste—; tanto que parece que se le va a agujerear la piel sin pelo por doquiera. Se para, y, mostrando unos dientes amarillos, como habones, rebuzna a lo alto ferozmente, con una energía que no cuadra a su desgarbada vejez... ¿Es un burro perdido? ¿No lo conoces, Platero? ¿Qué querrá? ¿De quién vendrá huyendo, con ese trote desigual y violento?

Al verlo, Platero hace cuerno, primero, ambas orejas con una sola punta, se las deja luego una en pie y otra descolgada, y se viene a mí, y quiere esconderse en la cuneta, y huir, todo a un tiempo. El burro negro pasa a su lado, le da un rozón, le tira la albarda, lo huele, rebuzna contra el muro del convento y se va trotando, Trasmuro abajo...

... Es, en el calor, un momento extraño de escalofrío —¿mío, de Platero?—, en el que las cosas parecen trastornadas, como si la sombra baja de un paño negro ante el sol ocultase, de pronto, la soledad deslumbradora del recodo del callejón, en donde el aire, súbitamente quieto, asfixia... Poco a poco, lo lejano nos vuelve a lo real. Se oye, arriba, el vocerío mudable de la plaza del Pescado, donde los vendedores que acaban de llegar de la Ribera exaltan sus asedías, sus salmonetes, sus brecas, sus mojarras, sus bocas; la campana de vuelta, que pregona el sermón de mañana; el pito del amolador...

Platero tiembla aún, de cuando en cuando, mirándome, acoquinado, en la quietud muda en que nos hemos quedado los dos, sin saber por qué...

—Platero, yo creo que ese burro no es un burro...

Y Platero, mudo, tiembla de nuevo todo él de un solo temblor, blandamente ruidoso, y mira, huido, hacia la gavia, hosca y bajamente...

XXXII. Libertad

Llamó mi atención, perdida por las flores de la vereda, un pajarillo lleno de luz, que, sobre el húmedo prado verde, abría sin cesar su preso vuelo policromo. Nos acercamos despacio, yo delante, Platero detrás. Había por ahí un bebedero umbrío, y unos muchachos traidores le tenían puesta una red a los pájaros. El triste reclamillo se levantaba hasta su pena, llamando, sin querer, a sus hermanos del cielo.

La mañana era clara, pura, traspasada de azul. Caía del pinar vecino un leve concierto de trinos exaltados, que venía y se alejaba, sin irse, en el manso y áureo viento marero que ondulaba las copas. ¡Pobre concierto inocente, tan cerca del mal corazón!

Monté en Platero, y, obligándolo con las piernas, subimos, en un agudo trote, al pinar. En llegando bajo la sombría cúpula frondosa, batí palmas, canté, grité. Platero, contagiado, rebuznaba una vez y otra, rudamente. Y los ecos respondían,

hondos y sonoros, como en el fondo de un gran pozo. Los pájaros se fueron a otro pinar, cantando.

Platero, entre las lejanas maldiciones de los chiquillos violentos, rozaba su cabezota peluda contra mi corazón, dándome las gracias hasta lastimarme el pecho.

XXXIII. Los húngaros

Míralos, Platero, tirados en todo su largor, como tienden los perros cansados el mismo rabo, en el sol de la acera.

La muchacha, estatua de fango, derramada su abundante desnudez de cobre entre el desorden de sus andrajos de lanas granas y verdes, arranca la hierbaza seca a que sus manos, negras como el fondo de un puchero, alcanzan. La chiquilla, pelos toda, pinta en la pared, con cisco, alegorías obscenas. El chiquillo se orina en su barriga como una fuente en su taza, llorando por gusto. El hombre y el mono se rascan, aquél la greña, murmurando, y éste las costillas, como si tocase una guitarra.

De cuando en cuando, el hombre se incorpora, se levanta luego, se va al centro de la calle y golpea con indolente fuerza el pandero, mirando a un balcón. La muchacha, pateada por el chiquillo, canta, mientras jura desgarradamente, una desentonada monotonía. Y el mono, cuya cadena pesa más que él, fuera de punto, sin razón, da una vuelta de campana y luego se pone a buscar entre los chinos de la cuneta uno más blando.

Las tres... El coche de la estación se va, calle Nueva arriba. El sol, solo.

—Ahí tienes, Platero, el ideal de la familia de Amaro... Un hombre como un roble, que se rasca; una mujer, como una parra, que se echa; dos chiquillos, ella y él, para seguir la raza, y un mono, pequeño y débil como el mundo, que les da de comer a todos, cogiéndose las pulgas...

XXXIV. La novia

El claro viento del mar sube por la cuesta roja, llega al prado del cabezo, ríe entre las tiernas florecillas blancas; después, se enreda por los pinetes sin limpiar y mece, hinchándolas como velas sutiles, las encendidas telarañas celestes, rosas, de oro... Toda la tarde es ya viento marino. Y el sol y el viento ¡dan un blando bienestar al corazón!

Platero me lleva, contento, ágil, dispuesto. Se dijera que no le peso. Subimos, como si fuésemos cuesta abajo, a la colina. A lo lejos, una cinta de mar, brillante, incolora, vibra, entre los últimos pinos, en un aspecto de paisaje isleño. En los prados verdes, allá abajo, saltan los asnos trabados, de mata en mata.

Un estremecimiento sensual vaga por las cañadas. De pronto, Platero yergue las orejas, dilata las levantadas narices, replegándolas hasta los ojos y dejando ver las grandes habichuelas de sus dientes amarillos. Está respirando largamente, de los cuatro vientos, no sé qué honda esencia que debe transirle el corazón. Sí. Ahí tiene ya, en otra colina, fina y gris sobre el cielo azul, a la amada. Y dobles rebuznos sonoros y largos desbaratan con su trompetería la hora luminosa y caen luego en gemelas cataratas.

He tenido que contrariar los instintos amables de mi pobre Platero. La bella novia del campo lo ve pasar, triste como él, con sus ojazos de azabache cargados de estampas... ¡Inútil pregón misterioso, que ruedas brutalmente, como un instinto hecho carne libre, por las margaritas!

Y Platero trota indócil, intentando a cada instante volverse, con un reproche en su refrenado trotecillo menudo:

—Parece mentira, parece mentira, parece mentira...

XXXV. La sanguijuela

Espera. ¿Qué es eso, Platero? ¿Qué tienes?

Platero está echando sangre por la boca. Tose y va despacio, más cada vez. Comprendo todo en un momento. Al pasar esta mañana por la fuente de Pinete, Platero estuvo bebiendo en ella. Y, aunque siempre bebe en lo más claro y con los dientes cerrados, sin duda una sanguijuela se le ha agarrado a la lengua o al cielo de la boca...

—Espera, hombre. Enseña...

Le pido ayuda a Raposo, el aperador, que baja por allí del Almendral, y entre los dos intentamos abrirle a Platero la boca. Pero la tiene como trabada con hormigón romano. Comprendo con pena que el pobre Platero es menos inteligente de lo que yo me figuro... Raposo coge un rodrigón gordo, lo parte en cuatro y procura atravesarle un pedazo a Platero entre las quijadas... No es fácil la empresa. Platero alza la cabeza al cenit levantándose sobre las patas, huye, se revuelve... Por fin, en un momento sorprendido, el palo entra de lado en la boca de Platero. Raposo se sube en el burro y con las dos manos tira hacia atrás de los salientes del palo para que Platero no lo suelte.

Sí, allá dentro tiene, llena y negra, la sanguijuela. Con dos sarmientos hechos tijera se la arranco... Parece un costalillo de almagra o un pellejillo de vino tinto; y, contra el sol, es como el moco de un pavo irritado por un paño rojo. Para que no saque sangre a ningún burro más, la corto sobre el arroyo, que en un momento tiñe de la sangre de Platero la espumela de un breve torbellino...

XXXVI. Las tres viejas

Súbete aquí en el vallado, Platero. Anda, vamos a dejar que pasen esas pobres viejas...

Deben de venir de la playa o de los montes. Mira. Una es ciega y las otras dos la traen por los brazos. Vendrán a ver a don Luis, el médico, o al hospital... Mira qué despacito andan, qué cuido, qué mesura ponen las dos que ven en su acción. Parece que las tres temen a la misma suerte. ¿Ves cómo adelantan las manos cual para detener el aire mismo, apartando peligros imaginarios, con mimo absurdo, hasta las más leves ramitas en flor, Platero?

Que te caes, hombre... Oye qué lamentables palabras van diciendo. Son gitanas. Mira sus trajes pintorescos, de lunares y volantes. ¿Ves? Van a cuerpo, no caída, a pesar de la edad, su esbeltez. Renegridas, sudorosas, sucias, perdidas en el polvo con sol del mediodía, aún una flaca hermosura recia las acompaña, como un recuerdo seco y duro...

Míralas a las tres, Platero. ¡Con qué confianza llevan la vejez a la vida, penetradas por la primavera esta que hace florecer de amarillo el cardo en la vibrante dulzura de su hervoroso sol!

XXXVII. La carretilla

En el arroyo grande, que la lluvia había dilatado hasta la viña, nos encontramos, atascada, una vieja carretilla, perdida toda bajo su carga de hierba y de naranjas. Una niña, rota y sucia, lloraba sobre una rueda, queriendo ayudar con el empuje de su pechillo en flor al borricuelo, más pequeño, ¡ay!, y más flaco que Platero. Y el borriquillo se despechaba contra el viento, intentando, inútilmente, arrancar del fango la carreta, al grito sollozante de la chiquilla Era vano su esfuerzo, como el de los niños valientes, como el vuelo de esas brisas cansadas del verano que se caen, en un desmayo, entre las flores.

Acaricié a Platero y, como pude, lo enganché a la carretilla, delante del borrico miserable. Le obligué, entonces, con un cariñoso imperio, y Platero, de un tirón, sacó carretilla y rucio del atolladero, y les subió la cuesta. ¡Qué sonreír el de la chiquilla! Fue como si el sol de la tarde, que se

quebraba, al ponerse entre las nubes de agua, en amarillos cristales, le encendiese una aurora tras sus tiznadas lágrimas.

Con su llorosa alegría, me ofreció dos escogidas naranjas, finas, pesadas, redondas. Las tomé, agradecido, y le di una al borriquillo débil, como dulce consuelo; otra, a Platero, como premio áureo.

XXXVIII. El pan

Te he dicho, Platero, que el alma de Moguer es el vino, ¿verdad? No; el alma de Moguer es el pan. Moguer es igual que un pan de trigo, blanco por dentro, como el migajón, y dorado en torno —¡oh sol moreno!—, como la blanda corteza.

A mediodía, cuando el sol quema más, el pueblo entero empieza a humear y a oler a pino y a pan calentito. A todo el pueblo se le abre la boca. Es como una gran boca que come un gran pan. El pan se entra en todo: en el aceite, en el gazpacho, en el queso y la uva, para dar sabor a beso, en el vino, en el caldo, en el jamón, en él mismo, pan con pan. También solo, como la esperanza, o con una ilusión...

Los panaderos llegan trotando en sus caballos, se paran en cada puerta entornada, tocan las palmas y gritan: "¡El panaderooo!..." Se oye el duro ruido tierno de los cuarterones que, al caer en los canastos que brazos desnudos levantan, chocan con los bollos, de las hogazas con las roscas...

Y los niños pobres llaman, al punto, a las campanillas de las cancelas o a los picaportes de los portones, y lloran largamente hacia adentro: "¡Un poquiiito de paaan!..."

XXXIX. Áglae

¡Que reguapo estás hoy, Platero! Ven aquí... ¡Buen jaleo te ha dado esta mañana la Macaria! Todo lo que es blanco y todo lo que es negro en ti luce y resalta como el día y como la noche después de la lluvia. ¡Qué guapo estás, Platero!

Platero, avergonzado un poco de verse así, viene a mí, lento, mojado aún de su baño, tan limpio que parece una muchacha desnuda. La cara se le ha aclarado, igual que un alba, y en ella sus ojos grandes destellan vivos, como si la más joven de las Gracias les hubiera prestado ardor y brillantez.

Se lo digo, y en un súbito entusiasmo fraternal, le cojo la cabeza, se la revuelvo en cariñoso apretón, le hago cosquillas... Él, bajos los ojos, se defiende blandamente con las orejas, sin irse, o se liberta, en breve correr, para pararse de nuevo en seco, como un perrillo juguetón.

—¡Qué guapo estás, hombre! —le repito.

Y Platero, lo mismo que un niño pobre que estrenara un traje, corre tímido, hablándome, mirándome en su huida con el regocijo de las orejas, y se queda, haciendo que come unas campanillas coloradas, en la puerta de la cuadra.

Áglae, la donadora de bondad y de hermosura, apoyada en el peral que ostenta triple copa de hojas, de peras y de gorriones, mira la escena sonriendo, casi invisible en la transparencia del sol matinal.

XL. El pino de la corona

Dondequiera que paro, Platero, me parece que paro bajo el pino de la Corona. A donde quiera que llego —ciudad, amor, gloria— me parece que llego a su plenitud verde y derramada bajo el gran cielo azul de nubes blancas. Él es faro rotundo y claro en los mares difíciles de mi sueño, como lo es de los marineros de Moguer en las tormentas de la barra; segura cima de mis días difíciles, en lo alto de su cuesta roja y agria, que toman los mendigos, camino de Sanlúcar.

¡Qué fuerte me siento siempre que reposo bajo su recuerdo! Es lo único que no ha dejado, al crecer yo, de ser grande, lo único que ha sido mayor cada vez. Cuando le cortaron aquella rama que el huracán le tronchó, me pareció que me habían arrancado un miembro; y, a veces, cuan-

do cualquier dolor me coge de improviso, me parece que le duele al pino de la Corona.

La palabra magno le cuadra como al mar, como al cielo y como a mi corazón. A su sombra, mirando las nubes, han descansado razas y razas por siglos, como sobre el agua, bajo el cielo y en la nostalgia de mi corazón. Cuando, en el descuido de mis pensamientos, las imágenes arbitrarias se colocan donde quieren, o en estos instantes en que hay cosas que se ven cual en una visión segunda y a un lado de lo distinto, el pino de la Corona, transfigurado en no sé qué cuadro de eternidad, se me presenta, más rumoroso y más gigante aún, en la duda, llamándome a descansar a su paz, como el término verdadero y eterno de mi viaje por la vida.

XLI. Darbón

Darbón, el médico de Platero, es grande como el buey pío, rojo como una sandía. Pesa once arrobas. Cuenta, según él, tres duros de edad.

Cuando habla, le faltan notas, cual a los pianos viejos; otras veces, en lugar de palabra, le sale un escape de aire. Y estas pifias llevan un acompañamiento de inclinaciones de cabeza, de manotadas ponderativas, de vacilaciones chochas, de quejumbres de garganta y salivas en el pañuelo, que no hay más que pedir. Un amable concierto para antes de la cena.

No le queda muela ni diente y casi sólo come migajón de pan, que ablanda primero en la mano. Hace una bola y ¡a la boca roja! Allí la tiene, revolviéndola, una hora. Luego, otra bola, y otra. Masca con las encías, y la barba le llega, entonces, a la aguileña nariz.

Digo que es grande como el buey pío. En la puerta del banco, tapa la casa. Pero se enternece, igual que un niño, con Platero. Y si ve una flor o un pajarillo, se ríe de pronto, abriendo toda su boca, con una gran risa sostenida, cuya velocidad y duración él no puede regular, y que acaba siempre en llanto. Luego, ya sereno, mira largamente del lado del cementerio viejo:

—Mi niña, mi pobrecita niña...

XLII. El niño y el agua

En la sequedad estéril y abrasada de sol del gran corralón polvoriento, que, por despacio que se pise, lo llena a uno hasta los ojos de su blanco polvo cernido, el niño está con la fuente, en grupo franco y risueño, cada uno con su alma. Aunque no hay un solo árbol, el corazón se llena, llegando, de un nombre, que los ojos repiten escrito en el cielo azul Prusia con grandes letras de luz: Oasis.

Ya la mañana tiene calor de siesta y la chicharra sierra su olivo, en el corral de San Francisco. El sol le da al niño en la cabeza; pero él, absorto en el agua, no lo siente. Echado en el suelo, tiene la mano bajo el chorro vivo, y el agua le pone en la palma un tembloroso palacio de frescura y de gracia que sus ojos negros contemplan arrobados. Habla solo, sorbe su nariz, se rasca aquí y allá entre sus harapos con la otra mano. El palacio, igual siempre y renovado a cada instante, vacila a veces. Y el niño se recoge entonces, se aprieta, se sume en sí, para que ni ese latido de la sangre que cambia, con un cristal movido solo, la imagen tan sensible de un calidoscopio, le robe al agua la sorprendida forma primera.

—Platero, no sé si entenderás o no lo que te digo, pero ese niño tiene en su mano mi alma.

XLIII. Amistad

Nos entendemos bien. Yo lo dejo ir a su antojo, y él me lleva siempre a donde quiero.

Sabe Platero que, al llegar al pino de la Corona, me gusta acercarme a su tronco y acariciárselo, y mirar el cielo al través de su enorme y clara copa; sabe que me deleita la veredilla que va, entre céspedes, a la Fuente vieja; que es para mí una fiesta ver el río desde la colina de los pinos, evocadora, con su bosquecillo alto, de parajes clásicos. Como me adormile, seguro, sobre él, mi despertar se abre siempre a uno de tales amables espectáculos.

Yo trato a Platero cual si fuese un niño. Si el camino se torna fragoso y le pesa un poco, me bajo para aliviarlo. Lo beso, lo engaño, lo hago rabiar... El comprende bien que lo quiero, y no me guarda rencor. Es tan igual a mí, tan diferente a los demás, que he llegado a creer que sueña mis propios sueños.

Platero se me ha rendido como una adolescente apasionada. De nada protesta. Sé que soy su felicidad. Hasta huye de los burros y de los hombres...

XLIV. La arrulladora

La chiquilla del carbonero, bonita y sucia cual una moneda, bruñidos los negros ojos y reventando sangre los labios prietos entre la tizne, está a la puerta de la choza, sentada en una teja, durmiendo al hermanito.

Vibra la hora de mayo, ardiente y clara como un sol por dentro. En la paz brillante, se oye el hervor de la olla que cuece en el campo, la brama de la dehesa de los Caballos, la alegría del viento del mar en la maraña de los eucaliptos.

Sentida y dulce, la carbonera canta:

Mi niiiiño se va a dormiií
en graaasia de la Pajtoraaa...

Pausa. El viento en las copas...

...y *pooor dormirse mi niñooo,*
se duermeee la arruyadoraaa...

El viento... Platero, que anda, manso, entre los pinos quemados, se llega, poco a poco... Luego se echa en la tierra fosca y, a la larga copla de madre, se adormila, igual que un niño.

XLV. El árbol del corral

Este árbol, Platero; esta acacia que yo mismo sembré, verde llama que fue creciendo, primavera tras primavera, y que ahora mismo nos cubre con su abundante y franca hoja pasada de sol poniente, era, mientras viví en esta casa, hoy cerrada, el mejor sostén de mi poesía. Cualquier rama suya, engalanada de esmeralda por abril o de oro por octubre, refrescaba, sólo con mirarla un punto, mi frente, como la mano más pura de una musa. ¡Qué fina, qué grácil, qué bonita era!

Hoy, Platero, es dueña casi de todo el corral. ¡Qué basta se ha puesto! No sé si se acordará de mí. A mí me parece otra. En todo este tiempo en que la tenía olvidada, igual que si no existiese, la primavera la ha ido formando, año tras año, a su capricho, fuera del agrado de mi sentimiento.

Nada me dice hoy, a pesar de ser árbol, y árbol puesto por mí. Un árbol cualquiera que por primera vez acariciamos, nos llena, Platero, de sentido el corazón. Un árbol que hemos amado tanto, que tanto hemos conocido, no nos dice nada vuelto a ver, Platero. Es triste; mas es inútil decir más. No, no puedo mirar ya, en esta fusión de la acacia y el ocaso, mi lira colgada. La rama graciosa no me trae el verso, ni la iluminación interna de la copa el pensamiento. Y aquí, adonde tantas veces vine de la vida, con una ilusión de soledad musical, fresca y olorosa, estoy mal, y tengo frío, y quiero irme, como entonces del casino, de la botica o del teatro, Platero.

XLVI. La tísica

Estaba derecha en una triste silla, blanca la cara y mate, cual un nardo ajado, en medio de la encalada y fría alcoba. Le había mandado el médico salir al campo, a que le diera el sol de aquel mayo helado; pero la pobre no podía.

—Cuando yego ar puente —me dijo—, ¡ya v'usté, zeñorito, ahí ar lado que ejtá!, m'ahogo...

La voz pueril, delgada y rota, se le caía, cansada; como se cae, a veces, la brisa en el estío.

Yo le ofrecí a Platero para que le diese un paseíto. Subida en él, ¡qué risa la de su aguda cara de muerta, toda ojos negros y dientes blancos!

... Se asomaban las mujeres a las puertas a vernos pasar. Iba Platero despacio, como sabiendo que llevaba encima un frágil lirio de cristal fino. La niña, con su hábito cándido de la Virgen de Montemayor, lazado de grana, transfigurada por la fiebre y la esperanza, parecía un ángel que cruzaba el pueblo, camino del cielo del sur.

XLVII. El rocío

Platero—le dije—, vamos a esperar las Carretas. Traen el rumor del lejano bosque de Donaña, el misterio del pinar de las Animas, la frescura de las Madres y de los dos Fresnos, el olor de la Rocina...

Me lo lleve, guapo y lujoso, a que piropeara a las muchachas por la calle de la Fuente, en cuyos bajos aleros de cal se moría, en una vaga cinta rosa, el vacilante sol de la tarde. Luego nos pusimos en el vallado de los Hornos, desde donde se ve todo el camino de los Llanos.

Venían ya, cuesta arriba, las Carretas. La suave llovizna de los Rocíos caía sobre las viñas verdes, de una pasajera nube malva. Pero la gente no levantaba siquiera los ojos al agua.

Pasaron, primero, en burros, mulas y caballos ataviados a la moruna y la crin trenzada, las alegres parejas de novios, ellos alegres, valientes ellas. El rico y vivo tropel iba, volvía, se alcanzaba incesantemente en una locura sin sentido. Seguía luego el carro de los borrachos, estrepitoso, agrio y trastornado. Detrás, las carretas, con lechos, colgadas de blanco, con las muchachas morenas, duras y floridas, sentadas bajo el dosel, repicando panderetas y chillando sevillanas. Más caballos, más burros...Y el mayordomo —"¡Viva la Virgen del Rocíoooo! ¡Vivaaaa!"— calvo, seco y rojo, el sombrero ancho a la espalda y la vara de oro descansada en el estribo. Al fin, mansamente tirado por dos grandes bueyes píos, que parecían obispos con sus frontales de colorines y espejos, en los que chispeaba el trastorno del sol mojado, cabeceando con la desigual tirada de la yunta, el Sin Pecado, amatista y de plata en su carro blanco, todo en flor, como un cargado jardín mustio.

Se oía ya la música, ahogada entre el campaneo y los cohetes negros y el duro herir de los cascos herrados en las piedras...

Platero, entonces, dobló sus manos, y, como una mujer, se arrodilló —¡una habilidad suya!—, blando, humilde y consentido.

XLVIII. Ronsard

Libre ya Platero del cabestro, y paciendo entre las castas margaritas del pradecillo, me he echado yo bajo un pino, he sacado de la alforja moruna un breve libro y, abriéndolo por una señal, me he puesto a leer en alta voz:

Comme on voit sur la branche au mois de mai la rose
En sa belle jeunesse, en sa première fleur,
Rendre le ciel jaloux de...

Arriba, por las ramas últimas, salta y pía un leve pajarillo, que el sol hace, cual toda la verde cima suspirante, de oro. Entre vuelo y gorjeo se oye el partirse de las semillas que el pájaro se está almorzando.

...jaloux de sa vive couleur...

Una cosa enorme y tibia avanza, de pronto, como una proa viva, sobre mi hombro. Es Platero, que, sugestionado, sin duda, por la lira de Orfeo, viene a leer conmigo. Leemos:

... vive couleur,

Quand l'aube de ses pleurs au point du jour l'a...

Pero el pajarillo, que debe de digerir aprisa, tapa la palabra con una nota falsa.

Ronsard, olvidado un instante de su soneto *"Quand en songeant ma follatre j'accolle"*..., se debe de haber reído en el infierno...

XLIX. El tío de las vistas

De pronto, sin matices, rompe el silencio de la calle el seco redoble de un tamborcillo. Luego, una voz cascada tiembla un pregón jadeoso y largo. Se oyen carreras, calle abajo... Los chiquillos gritan: "¡El tío de las vistas! ¡Las vistas! ¡Las vistas!"

En la esquina, una pequeña caja verde con cuatro banderitas rosas, espera sobre su catrecillo, la lente al sol. El viejo toca y toca el tambor. Un grupo de chiquillos sin dinero, las manos en el bolsillo o a la espalda, rodean, mudos, la cajita. A poco, llega otro corriendo, con su perra en la palma de la mano. Se adelanta, pone sus ojos en la lente...

—¡Ahooora se verá... al General Prim... en su caballo blancoooo...! —dice el viejo forastero con fastidio, y toca el tambor.

—¡El puerto..., de Barcelonaaa...! —y más redoble.

Otros niños van llegando con su perra lista, y la adelantan al punto al viejo, mirándolo absortos, dispuestos a comprar su fantasía.

El viejo dice:

—Ahooora se verá... el castillo de la Habanaaa —y toca el tambor...

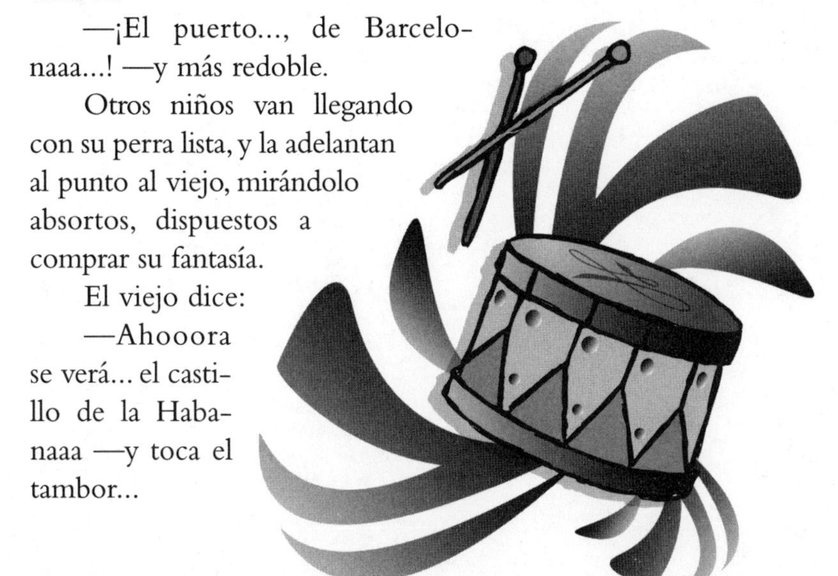

Platero, que se ha ido con la niña y el perro de enfrente a ver las vistas, mete su cabezota por entre las de los niños, por jugar. El viejo, con un súbito buen humor, le dice: "¡Venga tu perra!"

Y los niños sin dinero se ríen todos sin ganas, mirando al viejo con una humilde solicitud aduladora...

L. La flor del camino

¡Qué pura, Platero, y qué bella esta flor del camino! Pasan a su lado todos los tropeles —los toros, las cabras, los potros, los hombres, y ella, tan tierna y tan débil, sigue enhiesta, malva y fina, en su vallado solo, sin contaminarse de impureza alguna.

Cada día, cuando, al empezar la cuesta, tomamos el atajo, tú la has visto en su puesto verde. Ya tiene a su lado un pajarillo, que se levanta —¿por qué—? al acercarnos; o está llena, cual una breve copa, del agua clara de una nube de verano; ya consiente el robo de una abeja o el voluble adorno de una mariposa.

Esta flor vivirá pocos días, Platero, aunque su recuerdo podrá ser eterno. Será su vivir como un día de tu primavera, como una primavera de mi vida... ¿Qué le diera yo al otoño, Platero a cambio de esta flor divina, para que ella fuese, diariamente, el ejemplo sencillo y sin término de la nuestra?

LI. Lord

No sé si tú, Platero, sabrás ver una fotografía. Yo se las he enseñado a algunos hombres del campo y no veían nada en ellas. Pues éste es Lord, Platero, el perrito *foxterrier* de que a veces te he hablado. Míralo. Está, ¿lo ves?, en un cojín de los del patio de mármol, tomando, entre las macetas de geranios, el sol de invierno.

¡Pobre Lord! Vino de Sevilla cuando yo estaba allí pintando. Era blanco, casi incoloro de tanta luz, pleno como un muslo de dama, redondo e impetuoso como el agua en la boca de un caño. Aquí y allá, mariposas posadas, unos toques negros. Sus ojos brillantes eran dos breves inmensidades de sentimientos de nobleza. Tenía vena de loco. A veces, sin razón, se ponía a dar vueltas vertiginosas entre las azucenas del patio de mármol, que en mayo lo adornan todo, rojas, azules, amarillas de los cristales traspasados de sol de la montera, como los palomos que pinta don Camilo... Otras se subía a los tejados y promovía un alboroto piador en los nidos de los aviones... La Macaria lo enjabonaba cada mañana y estaba tan radiante siempre como las almenas de la azotea sobre el cielo azul, Platero.

Cuando se murió mi padre, pasó toda la noche velándolo junto a la caja. Una vez que mi madre se puso mala, se echó a los pies de su cama y allí se pasó un mes sin comer ni beber... Vinieron a decir un día a mi casa que un perro rabioso lo había mordido... Hubo que llevarlo a la bodega del Castillo y atarlo allí al naranjo, fuera de la gente.

La mirada que dejó atrás por la callejilla cuando se lo llevaban, sigue agujereando mi corazón como entonces, Platero; igual que la luz de una estrella muerta, viva siempre, sobrepasando su nada con la exaltada intensidad de su doloroso sentimiento... Cada vez que un sufrimiento material me punza el corazón, surge ante mí, larga como la vereda de la vida a la eternidad, digo, del arroyo al pino de la Corona, la mirada Que Lord dejó en él para siempre cual una huella macerada.

LII. El pozo

¡El pozo!... Platero, ¡qué palabra tan honda, tan verdinegra, tan fresca, tan sonora! Parece que es la palabra la que taladra, girando, la tierra oscura, hasta llegar al agua fría.

Mira; la higuera adorna y desbarata el brocal. Dentro, al alcance de la mano, ha abierto, entre los ladrillos con verdín, una flor azul de olor penetrante. Una golondrina tiene, más abajo, el nido. Luego, tras un pórtico de sombra yerta, hay un palacio de esmeralda, y un lago, que, al arrojarle una piedra a su quietud, se enfada y gruñe. Y el cielo, al fin.

(La noche entra, y la luna se inflama allá en el fondo, adornada de volubles estrellas. ¡Silencio! Por los caminos se ha ido la vida a lo lejos. Por el pozo se escapa el alma a lo hondo. Se ve por él como el otro lado del crepúsculo. Y parece que va a salir de su boca el gigante de la noche, dueño de todos los secretos del mundo. ¡Oh laberinto quieto y mágico, parque umbrío y fragante, magnético salón encantado!)

—Platero, si algún día me echo a este pozo, no será por matarme, créelo, sino por coger más pronto las estrellas.

Platero rebuzna, sediento y anhelante. Del pozo sale, asustada, revuelta y silenciosa, una golondrina.

LIII. Albérchigos

Por el callejón de la Sal, que retuerce su breve estrechez, violeta de cal con sol y cielo azul, hasta la torre, tapa de su fin, negra y desconchada de esta parte del Sur por el constante golpe del viento de la mar; lentos, vienen niño y burro. El niño, hombrecito enanillo y recortado, más chico que su caído sombrero ancho, se mete en su fantástico corazón serrano, que le da coplas y coplas bajas:

... con grandej fatiguiiiyaaaa yo je lo pedíaaa...

Suelto, el burro mordisquea la escasa hierba sucia del callejón, levemente abatido por la carguilla de albérchigos. De cuando en cuando, el chiquillo, como si tornara un punto a la calle verdadera, se para en seco, abre y aprieta sus desnudas piernecillas terrosas, como para cogerle con fuerza, en la tierra, y, ahuecando la voz con la mano, canta duramente, con una voz en la que torna a ser niño en la *e:*

—¡Albéeerchigooo!...

Luego, cual si la venta le importase un bledo —como dice el padre Díaz—, torna a su ensimismado canturreo gitano:

... yo *a ti no te curpooo, ni te curparíaaa...*

Y le da varazos a las piedras, sin saberlo...

Huele a pan calentito y a pino quemado. Una brisa tarda conmueve levemente la calleja. Canta la súbita campanada gorda que corona las tres, con su adornillo de la campana chica. Luego un repique, nuncio de fiesta, ahoga en su torrente el rumor de la corneta y los cascabeles del coche de la estación, que parte, pueblo arriba, el silencio, que se había dormido. Y el aire trae sobre los tejados un mar ilusorio en su olorosa, movida y refulgente cristalidad, un mar sin nadie también, aburrido de sus olas iguales en su solitario esplendor.

El chiquillo torna a su parada, a su despertar y a su grito:

—¡Albéeerchigooo!...

Platero no quiere andar. Mira y mira al niño y husmea y topa a su burro. Y ambos rucios se entienden en no sé qué movimiento gemelo de cabezas, que recuerda, un punto, el de los osos blancos.

—Bueno, Platero; yo le digo al niño que me dé su burro, y tú te irás con él y serás un vendedor de albérchigos..., ¡ea!

LIV. La coz

Íbamos, cortijo de Montemayor, al herradero de los novillos. El patio empedrado, umbrío bajo el inmenso y ardiente cielo azul de la tardecita, vibraba sonoro del relinchar de los alegres caballos pujantes, del reír fresco de las mujeres, de los afilados ladridos inquietos de los perros. Platero, en un rincón, se impacientaba.

—Pero, hombre —le dije—, si tú no puedes venir con nosotros; si eres muy chico...

Se ponía tan loco, que le pedía al Tonto que se subiera en él y lo llevara con nosotros.

Por el campo claro, ¡qué alegre cabalgar! Estaban las marismas risueñas, ceñidas de oro, con el sol en sus espejos rotos, que doblaban los molinos cerrados. Entre el redondo trote duro de los caballos, Platero alzaba su raudo trotecillo agudo, que necesitaba multiplicar insistentemente, como el tren de Riotinto su rodar menudo, para no quedarse solo con el Tonto en el camino. De pronto sonó como un tiro de pistola. Platero le había rozado la grupa a un fino potro tordo con su boca, y el potro le había respondido con una rápida coz. Nadie hizo caso, pero yo le vi a Platero una mano corrida de sangre. Eché pie a tierra y, con una espina y una crin, le prendí la vena rota. Luego le dije al Tonto que se lo llevara a casa.

Se fueron los dos, lentos y tristes, por el arroyo seco que baja del pueblo, tornando la cabeza al brillante huir de nuestro tropel...

Cuando, de vuelta del cortijo, fui a ver a Platero, me lo encontré mustio y doloroso.

—¿Ves —le suspiré— que tú no puedes ir a ninguna parte con los hombres?

LV. Asnografía

Leo en un Diccionario: Asnografía: *s. f. : Se dice, irónicamente, por descripción del asno.*

¡Pobre asno! ¡Tan bueno, tan noble, tan agudo como eres! Irónicamente... ¿Por qué? ¿Ni una descripción seria mereces, tú, cuya descripción cierta sería un cuento de primavera? ¡Si al hombre que es bueno debieran decirle asno! ¡Si al asno que es malo debieran decirle hombre! Irónicamente... De ti, tan intelectual, amigo del viejo y del niño, del arroyo y de la mariposa, del sol y del perro, de la flor y de la luna, paciente y reflexivo, melancólico y amable, Marco Aurelio de los prados...

Platero, que sin duda comprende, me mira fijamente con sus ojazos lucientes, de una blanda dureza, en los que el sol brilla, pequeñito y chispeante, en un breve y convexo firmamento verdinegro. ¡Ay! ¡Si su peluda cabezota idílica supiera que yo le hago justicia, que yo soy mejor que esos hombres que escriben Diccionarios, casi tan bueno como él!

Y he puesto al margen del libro: Asnografía: *sentido figurado: se debe decir, con ironía, ¡claro está!, por descripción del hombre imbécil que escribe Diccionarios.*

LVI. Corpus

Entrando por la calle de la Fuente, de vuelta del huerto, las campanas, que ya habíamos oído tres veces desde los Arroyos, conmueven, con su pregonera coronación de bronce, el blanco pueblo. Su repique voltea y voltea entre el chispeante y estruendoso subir de los cohetes, negros en el día, y la chillona metalería de la música.

La calle, recién encalada y ribeteada de almagra, verdea toda, vestida de chopos y juncias. Lucen las ventanas colchas de damasco granate, de percal amarillo, de celeste raso, y, donde hay luto, de lana cándida, con cintas negras. Por las últimas casas, en la vuelta del Porche, aparece, tarda, la Cruz de los espejos, que, entre los destellos del Poniente, recoge ya la luz de los cirios rojos que lo gotean todo de rosa. Lentamente pasa la procesión. La bandera carmín, y San Roque, Patrón de los panaderos, cargado de tiernas roscas; la bandera glauca, y San Telmo, Patrón de los marineros, con su navío de plata en las manos; la bandera gualda, y San Isidro, Patrón de los labradores, con su yuntita de bueyes; y más banderas de más colores, y más Santos, y luego, Santa Ana, dando lección a la Virgen niña, y San José, pardo, y la Inmaculada, azul... Al fin, entre la Guardia Civil, la Custodia, ornada de espigas granadas y de esmeraldinas uvas agraces su calada platería, despaciosa en su nube celeste de incienso.

En la tarde que cae, se alza, limpio, el latín andaluz de los salmos. El sol, ya rosa, quiebra su rayo bajo, que viene por la calle del Río, en la cargazón de oro viejo de las dalmáticas y las capas pluviales. Arriba, en derredor de la torre escarlata, sobre el ópalo terso de la hora serena de junio, las palomas tejen sus altas guirnaldas de nieve encendida...

Platero, en aquel hueco de silencio, rebuzna. Y su mansedumbre se asocia con la campana, con el cohete, con el latín y con la música de Modesto, que tornan al punto al claro misterio del día; y el rebuzno se le endulza, altivo, y, rastrero, se le diviniza...

LVII. Paseo

Por los hondos caminos del estío, colgados de tiernas madreselvas, ¡cuán dulcemente vamos! Yo leo, canto, o digo versos al cielo. Platero mordisquea la hierba escasa de los vallados en sombra, la flor empolvada de las malvas, las vinagreras amarillas. Está parado más tiempo que andando. Yo lo dejo...

El cielo azul, azul, azul, asaeteado de mis ojos en arrobamiento, se levanta, sobre los almendros cargados, a sus últimas glorias. Todo el campo, silencioso y ardiente, brilla. En el río, una velita blanca se eterniza, sin viento. Hacia los montes, la compacta humareda de un incendio hincha sus redondas nubes negras.

Pero nuestro caminar es bien corto. Es como un día suave e indefenso, en medio de la vida múltiple. ¡Ni la apoteosis del cielo, ni el ultramar a que va el río, ni siquiera la tragedia de las llamas!

Cuando, entre un olor a naranjas, se oye el hierro alegre y fresco de la noria, Platero rebuzna y retoza alegremente. ¡Qué sencillo placer diario! Ya en la alberca, yo lleno mi vaso y bebo aquella nieve líquida. Platero sume en el agua umbría su boca, y bebotea, aquí y allá, en lo más limpio, avaramente...

LVIII. Los gallos

No sé a qué comparar el malestar aquel, Platero... Una agudeza grana y oro que no tenía el encanto de la bandera de nuestra patria sobre el mar o sobre el cielo azul... Sí. Tal vez una bandera española sobre el cielo azul de una plaza de toros... mudéjar... como las estaciones de Huelva a Sevilla. Rojo y amarillo de disgusto, como en los libros de Galdós, en las muestras de los estancos, en los cuadros malos de la otra guerra de África... Un malestar como el que me dieron siempre las barajas de naipes finos con los hierros de los ganaderos en los oros, los cromos de las cajas de tabacos y de las cajas de pasas, las etiquetas de las botellas de vino, los premios del colegio del Puerto, las estampitas del chocolate...

¿A qué iba yo allí o quién me llevaba? Me parecía el mediodía de invierno caliente, como un cornetín de la

banda de Modesto... Olía a vino nuevo, a chorizo en regüeldo, a tabaco... Estaba el diputado, con el alcalde y el Litri, ese torero gordo y lustroso de Huelva... La plaza del reñidero era pequeña y verde; y la limitaban, desbordando sobre el aro de madera , caras congestionadas, como vísceras de vaca en carro o de cerdo en matanza, cuyos ojos sacaba el calor, el vino y el empuje de la carnaza del corazón chocarrero. Los gritos salían de los ojos... Hacía calor y todo —¡tan pequeño: un mundo de gallos!— estaba cerrado.

Y en el rayo ancho del alto sol, que atravesaban sin cesar, dibujándolo como un cristal turbio, nubaradas de lentos humos azules, los pobres gallos ingleses, dos monstruosas y agrias flores carmines, se despedazaban, cogiéndose los ojos, clavándose, en saltos iguales, los odios de los hombres, rajándose del todo con los espolones con limón... o con veneno. No hacían ruido alguno, ni veían, ni estaban allí siquiera...

Pero y yo, ¿por qué estaba allí, y tan mal? No sé... De cuando en cuando, miraba con infinita nostalgia, por una lona rota que, trémula en el aire, me parecía la vela de un bote de la Ribera, un naranjo sano que en el sol puro de fuera aromaba el aire con su carga blanca de azahar... ¡Qué bien —perfumaba mi alma— ser naranjo en flor, ser viento puro, ser sol alto!

... Y, sin embargo, no me iba...

LIX. Anochecer

En el recogimiento pacífico y rendido de los crepúsculos del pueblo, ¡qué poesía cobra la adivinación de lo lejano, el confuso recuerdo de lo apenas conocido! Es un encanto contagioso que retiene todo el pueblo como enclavado en la cruz de un triste y largo pensamiento.

Hay un olor al nutrido grano limpio que, bajo las frescas estrellas, amontona en las eras sus vagas colinas —¡oh Salomón!—, tiernas y amarillentas. Los trabajadores canturrean por lo bajo, en un soñoliento cansancio. Sentadas en los zaguanes, las viudas piensan en los muertos, que duermen tan cerca, detrás de los corrales. Los niños corren de una sombra a otra, como vuelan de un árbol a otro los pájaros...

Acaso, entre la luz sombría que perdura en las fachadas de cal de las casas humildes, que ya empiezan a enrojecer las farolas de petróleo, pasan vagas siluetas terrosas, calladas, dolientes —un mendigo nuevo, un portugués que va hacia las rozas, un ladrón acaso—, que contrastan, en su oscura apariencia medrosa, con la mansedumbre que el crepúsculo malva, lento y místico, pone en las cosas conocidas... Los chiquillos se alejan, y en el misterio de las puertas sin luz se habla de unos hombres que "sacan el unto a los niños para curar a la hija del rey, que está hética"...

LX. El sello

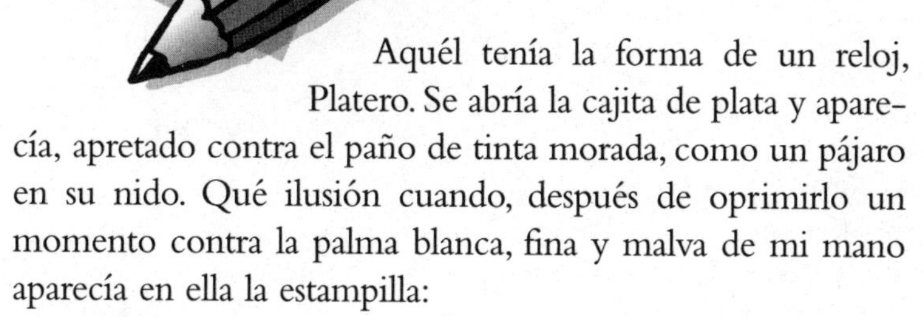

Aquél tenía la forma de un reloj, Platero. Se abría la cajita de plata y aparecía, apretado contra el paño de tinta morada, como un pájaro en su nido. Qué ilusión cuando, después de oprimirlo un momento contra la palma blanca, fina y malva de mi mano aparecía en ella la estampilla:

Francisco Ruiz,
Moguer.

¡Cuánto soñé yo con aquel sello de mi amigo del colegio de don Carlos! Con una imprentilla que me encontré arriba, en el escritorio viejo de mi casa, intenté formar uno con mi nombre. Pero no quedaba bien, y, sobre todo, era difícil la impresión. No era como el otro, que con tal facilidad dejaba, aquí y allá, en un libro, en la pared, en la carne, su letrero:

Francisco Ruiz, *Moguer.*

Un día vino a mi casa, con Arias, el platero de Sevilla, un viajante de escritorio. ¡Qué embeleso de reglas, de compases, de tintas de colores, de sellos! Los había de todas las formas y tamaños. Yo rompí mi alcancía, y con un duro que me encontré, encargué un sello con mi nombre y pueblo. ¡Qué larga semana aquélla! ¡Qué latirme el corazón cuando llegaba el coche del correo! ¡Qué sudor triste cuando se alejaban, en la lluvia, los pasos del cartero! Al fin, una noche, me lo trajo. Era un breve aparato complicado, con lápiz, pluma, iniciales para lacre..., ¡qué sé yo! Y dando a un resorte, aparecía la estampilla, nuevecita, flamante.

¿Quedó algo por sellar en mi casa? ¿Qué no era mío? Si otro me pedía el sello —¡cuidado, que se va a gastar!—, ¡qué angustia! Al día siguiente, con qué prisa alegre llevé al colegio todo: libros. blusa, sombreros, botas, manos, con el letrero:

Juan Ramón Jiménez
Moguer.

LXI. La perra parida

La perra de que te hablo, Platero, es la de Lobato, el tirador. Tú la conoces bien, porque la hemos encontrado muchas veces por el camino de los Llanos... ¿Te acuerdas? Aquella dorada y blanca, como un poniente anubarrado de mayo... Parió cuatro perritos, y Salud, la lechera, se los llevó a su choza de las Madres porque se le estaba muriendo un niño, y don Luis le había dicho que le diera caldo de perritos. Tú sabes bien lo que hay de la casa de Lobato al puente de las Madres, por la pasada de las Tablas...

Platero, dicen que la perra anduvo como loca todo aquel día, entrando y saliendo, asomándose a los caminos, encaramándose en los vallados, oliendo a la gente... Todavía a la oración la vieron, junto a la casilla del celador, en los Hornos, aullando tristemente sobre unos sacos de carbón contra el ocaso.

Tú sabes bien lo que hay de la calle de Enmedio a la pasada de las Tablas... Cuatro veces fue y vino la perra durante la noche, y cada una se trajo a un perrito en la boca, Platero. Y al amanecer, cuando Lobato abrió su puerta, estaba la perra en el umbral mirando dulcemente a su amo, con todos los perritos agarrados, en torpe temblor, a sus tetillas rosadas y llenas...

LXII. Ella y nosotros

Platero, acaso ella se iba —¿adónde?— en aquel tren negro y soleado que, por la vía alta, cortándose sobre los nubarrones blancos, huía hacia el Norte.

Yo estaba abajo, contigo, en el trigo amarillo y ondeante, goteado todo de sangre de amapolas, a las que ya julio ponía la coronita de ceniza. Y las nubecillas de vapor celeste —¿te acuerdas?— entristecían un momento el sol y las flores, rodando vanamente hacia la nada...

¡Breve cabeza rubia, velada de negro!... Era como el retrato de la ilusión en el marco fugaz de la ventanilla. Tal vez ella pensara: "¿Quiénes serán ese hombre enlutado y ese burrillo de plata?"

¡Quiénes habíamos de ser! Nosotros... ¿verdad, Platero?

LXIII. Gorriones

La mañana de Santiago está nublada de blanco y gris, como guardada en algodón. Todos se han ido a misa. Nos hemos quedado en el jardín los gorriones, Platero y yo.

¡Los gorriones! Bajo las redondas nubes, que, a veces, llueven unas gotas finas, ¡cómo entran y salen en la enredadera, cómo chillan, cómo se cogen de los picos! Este cae sobre una rama, se va y la deja temblando; el otro se bebe un poquito de cielo en un charquillo del brocal del pozo; aquél ha saltado al tejadillo del alpende, lleno de flores casi secas, que el día pardo aviva.

¡Benditos pájaros, sin fiesta fija! Con la libre monotonía de lo nativo, de lo verdadero, nada, a no ser una dicha vaga, les dicen a ellos las campanas.

Contentos, sin fatales obligaciones, sin esos olimpos ni esos avernos que extasían o que amedrentan a los pobres hombres esclavos, sin más moral que la suya, ni más Dios que lo azul, son mis hermanos, mis dulces hermanos.

Viajan sin dinero y sin maletas: mudan de casa cuando se les antoja; presumen un arroyo, presienten una fronda, y sólo tienen que abrir sus alas para conseguir la felicidad; no saben de lunes ni de sábados; se bañan en todas partes, a cada momento; aman el amor sin nombre, la amada universal.

Y cuando las gentes ¡las pobres gentes!, se van a misa los domingos, cerrando las puertas, ellos, en un alegre ejemplo de amor sin rito, se vienen de pronto, con su algarabía fresca y jovial, al jardín de las casas cerradas, en las que algún poeta, que ya conocen bien, y algún burrillo tierno —¿te juntas conmigo?— los contemplan fraternales.

LXIV. Frasco Vélez

Hoy no se puede salir, Platero. Acabo de leer en la plazoleta de los Escribanos el bando del alcalde:

"Todo Can que transite por los andantes de esta Noble Ciudad de Moguer, sin su correspondiente *Sálamo* o bozal, será pasado por las armas por los Agentes de mi Autoridad."

Eso quiere decir, Platero, que hay perros rabiosos en el pueblo. Ya ayer noche, he estado oyendo tiros y más tiros de la "Guardia municipal nocturna consumera volante", creación también de Frasco Vélez, por el Monturrio, por el Castillo, por los Trasmuros.

Lolilla, la tonta, dice alto por las puertas y ventanas que no hay tales perros rabiosos, y que nuestro alcalde actual, así como el otro, Vasco, vestía al Tonto de fantasma, busca la soledad que dejan sus tiros, para pasar su aguardiente de pita y de higo. Pero ¿y si fuera verdad y te mordiera un perro rabioso? ¡No quiero pensarlo, Platero!

LXV. El verano

Platero va chorreando sangre, una sangre espesa y morada, de las picaduras de los tábanos. La chicharra sierra un pino, que nunca llega. Al abrir los ojos, después de un inmenso sueño instantáneo, el paisaje de arena se me torna blanco, frío en su ardor, espectral.

Están los jarales bajos constelados de sus grandes flores vagas, rosas de humo, de gasa, de papel de seda, con las cuatro lágrimas de carmín; y una calina que asfixia, enyesa los pinos chatos. Un pájaro nunca visto, amarillo con lunares negros, se eterniza, mudo, en una rama.

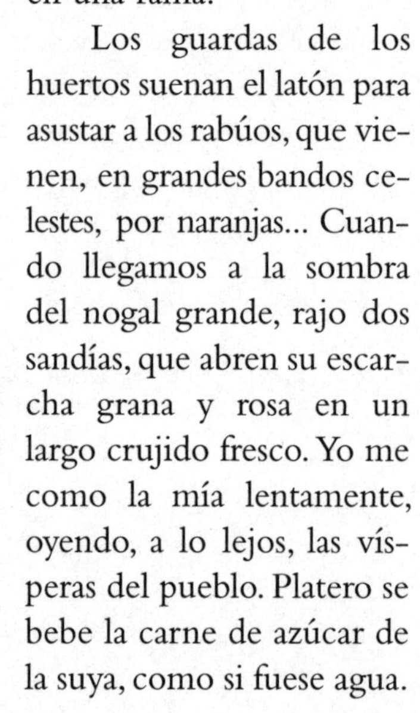

Los guardas de los huertos suenan el latón para asustar a los rabúos, que vienen, en grandes bandos celestes, por naranjas... Cuando llegamos a la sombra del nogal grande, rajo dos sandías, que abren su escarcha grana y rosa en un largo crujido fresco. Yo me como la mía lentamente, oyendo, a lo lejos, las vísperas del pueblo. Platero se bebe la carne de azúcar de la suya, como si fuese agua.

LXVI. Fuego en los montes

¡La campana gorda!... Tres... cuatro toques... "¡Fuego!"

Hemos dejado la cena, y, encogido el corazón por la negra angostura de la escalerilla de madera, hemos subido, en alborotado silencio afanoso, a la azotea.

—¡En el campo de Lucena! —grita Anilla, que ya estaba arriba, escalera abajo, antes de salir nosotros a la noche—... ¡Tan, tan, tan, tan! Al llegar afuera —¡qué respiro!—, la campana limpia su duro golpe sonoro y nos amartilla los oídos y nos aprieta el corazón.

—Es grande, es grande... Es un buen fuego...

Sí. En el negro horizonte de pinos, la llama distante parece quieta en su recortada limpidez. Es como un esmalte negro y bermellón, igual a aquella "caza" de Piero di Cosimo, en donde el fuego está pintado sólo con negro, rojo y blanco puros. A veces brilla con mayor brío; otras, lo rojo se hace casi rosa, del color de la luna naciente... La noche de agosto es alta y parada, y se diría que el fuego está ya en ella para siempre, como un elemento eterno... Una estrella fugaz corre medio cielo y se sume en el azul, sobre las Monjas... Estoy conmigo...

Un rebuzno de Platero, allá abajo, en el corral, me trae a la realidad... Todos han bajado... Y en un escalofrío, con que la blandura de la noche, que ya va a la vendimia, me hiere, siento como si acabara de pasar junto a mí aquel hombre que yo creía en mi niñez que quemaba los montes, una especie de Pepe el Pollo—Oscar Wilde moguereño—, ya un poco viejo, moreno y con rizos canos, vestida su afeminada redondez con una chupa negra y un pantalón de grandes cuadros en blanco y marrón, cuyos bolsillos reventaban de largas cerillas de Gibraltar...

LXVII. El arroyo

Este arroyo, Platero, seco ahora, por el que vamos a la dehesa de los Caballos, está en mis viejos libros amarillos, unas veces como es, al lado del pozo ciego de su prado, con sus amapolas pasadas de sol y sus damascos caídos; otras, en superposiciones y cambios alegóricos, mudado, en mi sentimiento, a lugares remotos, no existentes o sólo sospechados...

Por él, Platero, mi fantasía de niño brilló sonriendo, como un vilano al sol, con el encanto de los primeros hallazgos, cuando supe que él, el arroyo de los Llanos, era el mismo arroyo que parte el camino de San Antonio por su bosquecillo de álamos cantores; que andando por él, seco, en verano, se llegaba aquí; que, echando un barquito de corcho allí, en los álamos, en invierno, venía hasta estos granados, por debajo del puente de las Angustias, refugio mío cuando pasaban toros...

¡Qué encanto éste de las imaginaciones de la niñez, Platero, que yo no sé si tú tienes o has tenido! Todo va y viene, en trueques deleitosos; se mira todo y no se ve, más que como estampa momentánea de la fantasía... Y anda uno semiciego, mirando tanto adentro como afuera, volcando, a veces, en la sombra del alma la carga de imágenes de la vida, o abriendo al sol, como una flor cierta y poniéndola en una orilla verdadera, la poesía, que luego nunca más se encuentra, del alma iluminada.

LXVIII. Domingo

La pregonera vocinglería de la esquila de vuelta, cercana ya, ya distante, resuena en el cielo de la mañana de fiesta como si todo el azul fuera de cristal. Y el campo, un poco enfermo ya, parece que se dora de las notas caídas del alegre revuelo florido.

Todos, hasta el guarda, se han ido al pueblo para ver la procesión. Nos hemos quedado solos Platero y yo. ¡Qué paz! ¡Qué pureza! ¡Qué bienestar! Dejo a Platero en el prado alto, y yo me echo, bajo un pino lleno de pájaros que no se van, a leer. Omar Khayyaám...

En el silencio que queda entre dos repiques, el hervidero interno de la mañana de septiembre cobra presencia y sonido. Las avispas orinegras vuelan en torno de la parra cargada de sanos racimos moscateles, y las mariposas, que andan confundidas con las flores, parece que se renuevan, en una metamorfosis de colorines, al revolar. Es la soledad como un gran pensamiento de luz.

De vez en cuando, Platero deja de comer, y me mira... Yo, de vez en cuando, dejo de leer, y miro a Platero...

LXIX. El canto del grillo

Platero y yo conocemos bien, de nuestras correrías nocturnas, el canto del grillo.

El primer canto del grillo, en el crepúsculo, es vacilante, bajo y áspero. Muda de tono, aprende de sí mismo y, poco a poco, va subiendo, va poniéndose en su sitio, como si fuera buscando la armonía del lugar y de la hora. De pronto, ya las estrellas en el cielo verde y transparente, cobra el canto un dulzor melodioso de cascabel libre.

Las frescas brisas moradas van y vienen; se abren del todo las flores de la noche y vaga por el llano una esencia pura y divina, de confundidos prados azules, celestes y terrestres. Y el canto del grillo se exalta, llena todo el campo; es cual la voz de la sombra. No vacila ya, ni se calla. Como surtiendo de sí propio, cada nota es gemela de la otra, en una hermandad de oscuros cristales.

Pasan, serenas, las horas. No hay guerra en el mundo y duerme bien el labrador, viendo el cielo en el fondo alto de su sueño. Tal vez el amor, entre las enredaderas de una tapia, anda extasiado, los ojos en los ojos. Los habares mandan al pueblo mensajes de fragancia tierna, cual en una libre adolescencia candorosa y desnuda. Y los trigos ondean, verdes de luna, suspirando al viento de las dos, de las tres, de las cuatro... El canto del grillo, de tanto sonar, se ha perdido...

¡Aquí está! ¡Oh canto del grillo por la madrugada cuando, corridos de escalofríos, Platero y yo nos vamos a la cama por las sendas blancas de relente! La luna se cae, rojiza y soñolienta. Ya el canto está borracho de luna, embriagado de estrellas, romántico, misterioso, profuso. Es cuando unas grandes nubes luctuosas, bordeadas de un malva azul y triste, sacan el día de la mar, lentamente...

LXX. Los toros

¿A que no sabes, Platero, a qué venían esos niños? A ver si yo los dejaba que te llevasen para pedir contigo la llave en los toros de esta tarde. Pero no te apures tú. Ya les he dicho que no lo piensen siquiera...

¡Venían locos, Platero! Todo el pueblo está conmovido con la corrida. La banda toca desde el alba, rota ya y desentonada, ante las tabernas; van v vienen coches y caballos calle Nueva arriba, calle Nueva abajo. Ahí detrás, en la calleja, están preparando el Canario, ese coche amarillo que les gusta tanto a los niños, para la cuadrilla. Los patios se quedan sin flores, para las presidentas. Da pena ver a los muchachos andando torpemente por las calles con sus sombreros anchos, sus blusas, su puro, oliendo a cuadra y a aguardiente...

A eso de las dos, Platero, en ese instante de soledad con sol, en ese hueco claro del día, mientras diestros y presidentas se están vistiendo, tú y yo saldremos por la puerta falsa y nos iremos por la calleja al campo, como el año pasado...

¡Qué hermoso el campo en estos días de fiesta, en que todos lo abandonan! Apenas si en un majuelo, en una huerta, un viejecito se inclina sobre la cepa agria, sobre el regato puro... A lo lejos sube sobre el pueblo, como una corona chocarrera, el redondo vocerío, las palmas, la música de la plaza de toros, que se pierden a medida que uno se va, sereno, hacia la mar... Y el alma, Platero, se siente reina verdadera de lo que posee por virtud de su sentimiento, del cuerpo grande y sano de la naturaleza, que, respetado, da a quien lo merece el espectáculo sumiso de su hermosura resplandeciente y eterna.

LXXI. Tormenta

Miedo. Aliento contenido. Sudor frío. El terrible cielo bajo ahoga el amanecer. (No hay por dónde escapar.) Silencio... El amor se para. Tiembla la culpa. El remordimiento cierra los ojos. Más silencio...

El trueno, sordo, retumbante, interminable, como un bostezo que no acaba del todo, como una enorme carga de piedra que cayera del cenit al pueblo, recorre, largamente, la mañana desierta. (No hay por dónde huir.) Todo lo débil —flores, pájaros— desaparece de la vida.

Tímido, el espanto mira, por la ventana entreabierta, a Dios, que se alumbra trágicamente. Allá en Oriente, entre desgarrones de nubes, se ven malvas y rosas tristes, sucios, fríos, que no pueden vencer la negrura. El coche de las seis, que parecen las cuatro, se siente por la esquina, en un diluvio, cantando el cochero por espantar el miedo. Luego, un carro de la vendimia, vacío, de prisa...

¡Ángelus! Un Ángelus duro y abandonado, solloza entre el tronido. ¿El último Ángelus del mundo? Y se quiere que la campana acabe pronto, o que suene más, mucho más, que ahogue la tormenta. Y se va de un lado a otro, y se llora, y no se sabe lo que se quiere...

(No hay por dónde escapar.) Los corazones están yertos. Los niños llaman desde todas partes...

—¿Qué será de Platero, tan solo en la indefensa cuadra del corral?

LXXII. Vendimia

Este año, Platero, ¡qué pocos burros han venido con uva! Es en balde que los carteles digan con grandes letras: *A seis reales.* ¿Dónde están aquellos burros de Lucena, de Almonte, de Palos, cargados de oro líquido, prieto, chorreante, como tú, conmigo, de sangre; aquellas recuas que esperaban horas y horas mientras se desocupaban los lagares? Corría el mosto por las calles, y las mujeres y los niños llenaban cántaros, orzas, tinajas...

¡Qué alegres en aquel tiempo las bodegas, Platero, la bodega del Diezmo! Bajo el gran nogal que cayó el tejado, los bodegueros lavaban, cantando, las botas con un fresco, sonoro y pesado cadeneo; pasaban los trasegadores, desnuda la pierna, con las jarras de mosto o de sangre de toro, vivas y espumeantes; y allá en el fondo, bajo el alpende, los toneleros daban redondos golpes huecos, metidos en la limpia viruta olorosa... Yo entraba en Almirante por una puerta y salía por la otra —las dos alegres puertas correspondidas, cada una de las cuales le daba a la otra su estampa de vida y de luz, entre el cariño de los bodegueros...

Veinte lagares pisaban día y noche. ¡Qué locura, qué vértigo, qué ardoroso optimismo! Este año, Platero, todos están con las ventanas tabicadas, y basta y sobra con el del corral y con dos o tres lagareros. Y ahora, Platero, hay que hacer algo, que siempre no vas a estar de holgazán...

... Los otros burros han estado mirando, cargados, a Platero, libre y vago; y para que no lo quieran mal ni piensen mal de él, me llego con él a la era vecina, lo cargo de uva y lo paso al lagar, bien despacio, por entre ellos... Luego me lo llevo de allí disimuladamente...

LXXIII. Nocturno

Del pueblo en fiesta, rojamente iluminado hacia el cielo, vienen agrios valses nostálgicos en el viento suave. La torre se ve, cerrada, lívida, muda y dura, en un errante limbo violeta, azulado, pajizo... Y allá, tras las bodegas oscuras del arrabal, la luna caída, amarilla y soñolienta, se pone, solitaria, sobre el río.

El campo está solo con sus árboles y con la sombra de sus árboles. Hay un canto roto de grillo. Una conversación sonámbula de aguas ocultas, una blandura húmeda, como si se deshiciesen las estrellas... Platero, desde la tibieza de su cuadra, rebuzna tristemente.

La cabra andará despierta, y su campanilla insiste agitada, dulce luego. Al fin, se calla... A lo lejos, hacia Montemayor, rebuzna otro asno... Otro, luego, por el Vallejuelo... Ladra un perro...

Es la noche tan clara, que las flores del jardín se ven en su color, como en el día. Por la última casa de la calle de la Fuente, bajo una roja y vacilante farola, tuerce le esquina un hombre solitario... ¿Yo? No, yo, en la fragante penumbra celeste, móvil y dorada, que hacen la luna, las lilas, la brisa y la sombra, escucho mi hondo corazón sin par...

La esfera gira, sudorosa y blanda...

LXXIV. Sarito

Para la vendimia, estando yo una tarde grana en la viña del arroyo, las mujeres me dijeron que un negrito preguntaba por mí.

Iba yo hacia la era, cuando él venía ya vereda abajo:

—¡Sarito!

Era Sarito, el criado de Rosalina, mi novia portorriqueña. Se había escapado de Sevilla para torear por los pueblos, y venía de Niebla, andando, el capote, dos veces colorado, al hombro, con hambre y sin dinero.

Los vendimiadores lo acechaban de reojo, en un mal disimulado desprecio; las mujeres, más por los hombres que por ellas, lo evitaban. Antes, al pasar por el lagar, se había peleado ya con un muchacho, que le había partido una oreja de un mordisco

Yo le sonreía y le hablaba afable. Sarito, no atreviéndose a acariciarme a mí mismo, acariciaba a Platero, que andaba por allí comiendo uva; y me miraba, en tanto, noblemente...

LXXV. Última siesta

¡Qué triste belleza, amarilla y descolorida, la del sol de la tarde, cuando me despierto bajo la higuera!

Una brisa seca, embalsamada de derretida jara, me acaricia el sudoroso despertar. Las grandes hojas, levemente movidas, del blando árbol viejo, me enlutan o me deslumbran. Parece que me mecieran suavemente en una cuna que fuese del sol a la sombra, de la sombra al sol.

Lejos, en el pueblo desierto, las campanas de las tres suenan las vísperas, tras el oleaje de cristal del aire. Oyéndolas, Platero, que me ha robado una gran sandía de dulce escarcha grana, en pie, inmóvil, me mira con sus enormes ojos vacilantes, en los que le anda una pegajosa mosca verde.

Frente a sus ojos cansados, mis ojos se me cansan otra vez... Torna la brisa, cual una mariposa que quisiera volar y a la que, de pronto, se le doblaran las alas... las alas... mis párpados flojos, que, de pronto, se cerraran...

LXXVI. Los fuegos

Para septiembre, en las noches de velada, nos poníamos en el cabezo que hay detrás de la casa del huerto, a sentir el pueblo en fiesta desde aquella paz fragante que emanaban los nardos de la alberca. Pioza, el viejo guarda de viñas, borracho en el suelo de la era, tocaba cara a la luna, hora tras hora, un caracol.

Ya tarde, quemaban los fuegos. Primero eran sordos estampidos enanos; luego, cohetes sin cola, que se abrían arriba, en un suspiro, cual un ojo estrellado que viese, un instante, rojo, morado, azul el campo; y otros, cuyo esplendor caía como una doncellez desnuda que se doblara de espaldas, como un sauce de sangre que gotease flores de luz ¡Oh, qué pavos reales encendidos, qué macizos aéreos de claras rosas, qué faisanes de fuego por jardines de estrellas!

Platero, cada vez que sonaba un estallido, se estremecía, azul, morado, rojo en el súbito iluminarse del espacio; y en la claridad vacilante, que agrandaba y encogía su sombra sobre el cabezo, yo veía sus grandes ojos negros que me miraban asustados.

Cuando, como remate, entre el lejano vocerío del pueblo, subía al cielo constelado la áurea corona giradora del castillo, poseedora del trueno gordo, que hace cerrar los ojos y taparse los oídos a las mujeres, Platero huía entre las cepas, como alma que lleva el diablo, rebuznando enloquecido hacia los tranquilos pinos en sombra.

LXXVII. El vergel

Como hemos venido a la Capital, he querido que Platero vea El Vergel... Llegamos despacito, verja abajo, en la grata sombra de las acacias y de los plátanos, que están cargados todavía. El paso de Platero resuena en las grandes losas que abrillanta el riego, azules de cielo a trechos, y a trechos blancas de flor caída, que, con el agua, exhala un vago aroma dulce y fino.

¡Qué frescura y qué olor salen del jardín, que empapa también el agua, por la sucesión de claros de yedra goteante de la verja! Dentro, juegan los niños. Y entre su oleada blanca pasa, chillón y tintineador, el cochecillo del paseo, con sus banderitas moradas y su toldillo verde; el barco del avellanero, todo engalanado de granate y oro, con las jarcias ensartadas de cacahuetes y su chimenea humeante; la niña de los globos, con su gigantesco racimo volador, azul, verde y rojo; el barquillero, rendido bajo su lata roja... En el cielo, por la masa de verdor tocado ya del mal otoño, donde el ciprés y la palmera perduran, mejor vistos, la luna amarillenta se va encendiendo, entre nubecillas rosas...

Ya en la puerta, y cuando voy a entrar en el vergel, me dice el hombre azul que lo guarda con su caña amarilla y su gran reloj de plata:

—Er burro no pué'entrá, zeñó.

—¿El burro? ¿Qué burro?— le digo yo, mirando más allá de Platero, olvidado, naturalmente, de su forma animal.

—¡Qué burro ha de zé, zeñó; qué burro ha de zéee...!

Entonces, ya en la realidad, como Platero *no puede entrar* por ser burro, yo, por ser hombre, no quiero entrar, y me voy de nuevo con él, verja arriba, acariciándolo y hablándole de otra cosa...

LXXVIII. La luna

Platero acababa de beberse dos cubos de agua con estrellas en el pozo del corral, y volvía a la cuadra, lento y distraído, entre los altos girasoles. Yo le aguardaba en la puerta, echado en el quicio de cal y envuelto en la tibia fragancia de los heliotropos.

Sobre el tejadillo, húmedo de las blanduras de septiembre, dormía el campo lejano, que mandaba un fuerte aliento de pinos. Una gran nube negra, como una gigantesca gallina que hubiese puesto un huevo de oro, puso la luna sobre una colina.

Yo le dije a la luna:

> ... Ma *sola*
> *ha questa luna in ciel, che da nessuno*
> *cader fu vista mai se non in sogno.*

Platero la miraba fijamente, y sacudía, con un duro ruido blando, una oreja. Me miraba absorto y sacudía la otra...

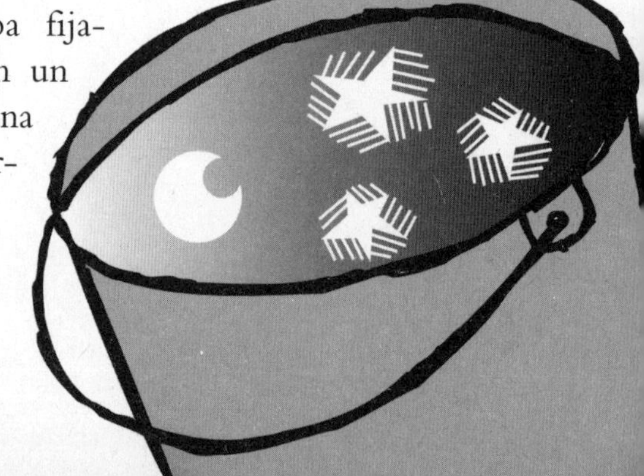

LXXIX. Alegría

Platero juega con Diana, la bella perra blanca que se parece a la luna creciente, con la vieja cabra gris, con los niños...

Salta Diana, ágil y elegante, delante del burro, sonando su leve campanilla, y hace como que le muerde los hocicos. Y Platero, poniendo las orejas en punta, cual dos cuernos de pita, la embiste blandamente y la hace rodar sobre la hierba en flor.

La cabra va al lado de Platero, rozándose a sus patas, tirando con los dientes de la punta de las espadañas de la carga. Con una clavellina o con una margarita en la boca, se pone frente a él, le topa en el testuz, y brinca luego, y baila alegremente, mimosa igual que una mujer...

Entre los niños, Platero es de juguete. ¡Con qué paciencia sufre sus locuras! ¡Cómo va despacito, deteniéndose,

haciéndose el tonto, para que ellos no se caigan! ¡Cómo los asusta, iniciando, de pronto, un trote falso!

¡Claras tardes del otoño moguereño! Cuando el aire puro de octubre afila los límpidos sonidos, sube del valle un alborozo idílico de balidos, de rebuznos, de risas de niños, de ladreos y de campanillas...

LXXX. Pasan los patos

He ido a darle agua a Platero. En la noche serena, toda de nubes vagas y estrellas, se oye, allá arriba, desde el silencio del corral, un incesante pasar de claros silbidos.

Son los patos. Van tierra adentro, huyendo de la tempestad marina. De vez en cuando, como si nosotros hubiéramos ascendido o como si ellos hubiesen bajado, se escuchan los ruidos más leves de sus alas, de sus picos, como cuando, por el campo, se oye clara la palabra de alguno que va lejos...

Horas y horas, los silbidos seguirán pasando, en un huir interminable.

Platero, de vez en cuando, deja de beber y levanta la cabeza como yo, como las mujeres de Millet, a las estrellas, con una blanda nostalgia infinita...

LXXXI. La niña chica

La niña chica era la gloria de Platero. En cuanto la veía venir hacia él entre las lilas, con su vestidillo blanco y su sombrero de arroz, llamándolo dengosa: "¡Platero, Plateriiillo!", el asnucho quería partir la cuerda, y saltaba igual que un niño, y rebuznaba loco.

Ella, en una confianza ciega, pasaba una vez y otra bajo él, y le pegaba pataditas, y le dejaba la mano, nardo cándido, en aquella bocaza rosa, almenada de grandes dientes amarillos; o, cogiéndole las orejas, que él ponía a su alcance, lo llamaba con todas las variaciones mimosas de su nombre: "¡Platero! ¡Platerón! ¡Platerillo! ¡Platerete! ¡Platerucho!"

En los largos días en que la niña navegó en su cuna alba, río abajo, hacia la muerte, nadie se acordaba de Platero. Ella, en su delirio, lo llamaba triste: "¡Plateriiillo!..." Desde la casa oscura y llena de suspiros se oía, a veces, la lejana llamada lastimera del amigo. ¡Oh estío melancólico! ¡Qué lujo puso Dios en ti, tarde del entierro! Septiembre, rosa y oro, como ahora, declinaba. Desde el cementerio, ¡cómo resonaba la campana de vuelta en el ocaso abierto, camino de la gloria!... Volví por las tapias, solo y mustio; entré en la casa por la puerta del corral, y, huyendo de los hombres, me fui a la cuadra y me senté a pensar, con Platero.

LXXXII. El pastor

En la colina, que la hora morada va tornando oscura y medrosa, el pastorcillo, negro contra el verde ocaso de cristal, silba en su pito, bajo el templo de Venus. Enredadas en las flores, que huelen más y ya no se ven, cuyo aroma las exalta hasta darles forma en la sombra en que están perdidas, tintinean, paradas, las esquilas claras y dulces del rebaño, disperso un momento, antes de entrar al pueblo, en el paraje conocido.

—Zeñorito, zi eze gurro juera mío...

El chiquillo, más moreno y más idílico en la hora dudosa, recogiendo en los ojos rápidos cualquier brillantez del instante, parece uno de aquellos mendiguillos que pintó Bartolomé Esteban, el buen sevillano.

Yo le daría el burro... Pero ¿qué iba yo a hacer sin ti, Platero?

La luna, que sube, redonda, sobre la ermita de Montemayor, se ha ido derramando suavemente por el prado, donde aún yerran vagas claridades del día; y el suelo florido parece ahora de ensueño, no sé qué encaje primitivo y bello; y las rocas son más grandes, más inminentes y más tristes; y llora más el agua del regato invisible...

Y el pastorcillo grita, codicioso, ya lejos:

—¡Ayn! Zi eze gurro juera míooo...

LXXXIII. El canario se muere

Mira, Platero, el canario de los niños ha amanecido hoy muerto en su jaula de plata. Es verdad que el pobre estaba ya muy viejo... El invierno último, tú te acuerdas bien, lo pasó silencioso, con la cabeza escondida en el plumón. Y al entrar esta primavera, cuando el sol hacía jardín la estancia abierta y abrían las mejores rosas del patio, él quiso también engalanar la vida nueva, y cantó pero su voz era quebradiza y asmática, como la voz de una flauta cascada.

El mayor de los niños, que lo cuidaba, viéndolo yerto en el fondo de la jaula, se ha apresurado, lloroso, a decir:

—¡Puej no l'a faltao ná: ni comida, ni agua!

No. No le ha faltado nada, Platero. "Se ha muerto porque sí", diría Campoamor, otro canario viejo...

Platero, ¿habrá un paraíso de los pájaros? ¿Habrá un vergel verde sobre el cielo azul, todo en flor de rosales áureos, con almas de pájaros blancos, rosas, celestes, amarillos?

Oye, a la noche, los niños, tú y yo bajaremos el pájaro muerto al jardín. La luna está ahora llena, y a su pálida plata, el pobre cantor, en la mano cándida de Blanca, parecerá el pétalo mustio de

un lirio amarillento Y lo enterraremos en la tierra del rosal grande.

A la primavera, Platero, hemos de ver al pájaro salir del corazón de una rosa blanca. El aire fragante se pondrá canoro, y habrá por el sol de abril un errar encantado de alas invisibles y un reguero secreto de trinos claros de oro puro.

LXXXIV. La colina

¿No me has visto nunca, Platero, echado en la colina, romántico y clásico a un tiempo?

... Pasan los toros, los perros, los cuervos, y no me muevo, ni siquiera miro. Llega la noche y sólo me voy cuando la sombra me quita. No sé cuándo me vi allí por vez primera y aún dudo si estuve nunca. Ya sabes qué colina digo; la colina roja aquella que se levanta, como un torso de hombre y de mujer sobre la viña vieja de Cobano.

En ella he leído cuanto he leído y he pensado todos mis pensamientos. En todos los museos vi este cuadro mío, pintado por mí mismo: yo, de negro, echado en la arena, de espaldas a mí, digo a ti, o a quien mirara, con mi idea libre entre mis ojos y el Poniente.

Me llaman, a ver si voy ya a comer o a dormir, desde la casa de la Piña. Creo que voy, pero no sé si me quedo allí. Y yo estoy cierto, Platero, de que ahora no estoy aquí, contigo, ni nunca en donde esté, ni en la tumba ya muerto; sino en la colina roja, clásica a un tiempo y romántica, mirando, con un libro en la mano, ponerse el sol sobre el río...

LXXXV. El otoño

Ya el sol, Platero, empieza a sentir pereza de salir de sus sábanas, y los labradores madrugan más que él. Es verdad que está desnudo y que hace fresco.

¡Cómo sopla el Norte! Mira, por el suelo, las ramitas caídas; es el viento tan agudo, tan derecho, que están todas paralelas, apuntadas al Sur.

El arado va, como una tosca arma de guerra, a la labor alegre de la paz, Platero; y en la ancha senda húmeda, los árboles amarillos, seguros de verdecer, alumbran, a un lado y otro, vivamente, como suaves hogueras de oro claro, nuestro rápido caminar.

LXXXVI. El perro atado

La entrada del otoño es para mí, Platero, un perro atado, ladrando limpia y largamente, en la soledad de un corral, de un patio o de un jardín, que comienzan con la tarde a ponerse fríos y tristes... Dondequiera que estoy, Platero, oigo siempre, en estos días que van siendo cada vez más amarillos, ese perro atado, que ladra al sol del ocaso...

Su ladrido me trae, como nada, la elegía. Son los instantes en que la vida anda toda en el oro que se va, como el corazón de un avaro en la última onza de su tesoro que se arruina. Y el oro existe apenas, recogido en el alma avaramente y puesto por ella en todas partes, como los niños cogen el sol con un pedacito de espejo y lo llevan a las paredes en sombra, uniendo en una sola las imágenes de la mariposa y de la hoja seca...

Los gorriones, los mirlos, van subiendo de rama en rama en el naranjo o en la acacia, más altos cada vez con el sol. El sol se torna rosa, malva... La belleza hace eterno el momento fugaz y sin latido, como muerto para siempre aún vivo. Y el perro le ladra, agudo y ardiente, sintiéndola tal vez morir, a la belleza...

LXXXVII. La tortuga griega

Nos la encontramos mi hermano y yo volviendo, un mediodía, del colegio por la callejilla. Era en agosto —¡aquel cielo azul Prusia, negro casi, Platero!— y para que no pasáramos tanto calor, nos traían por allí, que era más cerca... Entre la yerba de la pared del granero, casi como tierra, un poco protegida por la sombra del Canario, el viejo familiar amarillo que en aquel rincón se pudría, estaba, indefensa. La cogimos, asustados, con la ayuda de la mandadera y entramos en casa anhelantes, gritando: "¡Una tortuga, una tortuga!" Luego la regamos, porque estaba muy sucia, y salieron, como de una calcomanía, unos dibujos en oro y negro...

Don Joaquín de la Oliva, el Pájaro Verde y otros que oyeron a éstos, nos dijeron que era una tortuga griega. Luego, cuando en los Jesuitas estudié yo Historia Natural, la encontré pintada en el libro, igual a ella en un todo, con ese nombre; y la vi embalsamada en la vitrina grande, con un cartelito que rezaba ese nombre también. Así, no cabe duda, Platero, de que es una tortuga griega.

Ahí está, desde entonces. De niños hicimos con ella algunas perrerías: la columpiábamos en el trapecio, le echábamos a Lord, la teníamos días enteros boca arriba... Una vez, el Sordito le dio un tiro para que viéramos lo dura que era. Rebotaron los plomos, y uno fue a matar un pobre palomo blanco que estaba bebiendo bajo el peral.

Pasan meses y meses sin que se la vea. Un día, de pronto, aparece en el carbón, fija, como muerta. Otro, en el caño... A veces, un nido de huevos hueros son señal de su estancia en algún sitio; come con las gallinas, con los palomos, con los gorriones, y lo que más le gusta es el tomate. A veces, en primavera, se enseñorea del corral, y parece que ha echado, de su seca vejez eterna y sola, una rama nueva; que se ha dado a luz a sí misma para otro siglo...

LXXXVIII. Tarde de octubre

Han pasado las vacaciones y, con las primeras hojas amarillas, los niños han vuelto al colegio. Soledad. El sol de la casa, también con hojas caídas, parece vacío. En la ilusión suenan gritos lejanos y remotas risas...

Sobre los rosales, aún con flor, cae la tarde, lentamente. Las lumbres del ocaso prenden las últimas rosas, y el jardín, alzando como una llama de fragancia hacia el incendio del Poniente, huele todo a rosas quemadas. Silencio.

Platero, aburrido como yo, no sabe qué hacer. Poco a poco se viene a mí, duda un punto, y, al fin, confiado, pisando seco y duro en los ladrillos, se entra conmigo por la casa...

LXXXIX. Antonia

El arroyo traía tanta agua, que los lirios amarillos, firme gala de oro de sus márgenes en el estío, se ahogaban en aislada dispersión, donando a la corriente fugitiva, pétalo a pétalo, su belleza...

¿Por dónde iba a pasarlo Antoñilla con aquel traje dominguero? Las piedras que pusimos se hundieron en el fango. La muchacha siguió, orilla arriba, hasta el vallado de los chopos, a ver si por allí podía... No podía... Entonces yo le ofrecí a Platero, galante.

Al hablarle yo, Antoñilla se encendió toda, quemando su arrebol las pecas que picaban de ingenuidad el contorno de su mirada gris. Luego se echó a reír, súbitamente, contra un árbol... Al fin se decidió. Tiró a la hierba el pañuelo rosa de estambre, corrió un punto y, ágil como una galga, se escarranchó sobre Platero, dejando colgadas a un lado y otro sus duras piernas que redondeaban, en no sospechada madurez, los círculos rojos y blancos de las medias bastas.

Platero lo pensó un momento, y, dando un salto seguro, se clavó en la otra orilla. Luego, como Antoñilla, entre cuyo rubor y yo estaba ya el arroyo, le taconeara en la barriga, salió trotando por el llano, entre el reír de oro y plata de la muchacha morena sacudida.

... Olía a lirio, a agua, a amor. Cual una corona de rosas con espinas, el verso que Shakespeare hizo decir a Cleopatra, me ceñía, redondo, el pensamiento:

O happy horse, to bear the weight of Antony!

—¡Platero! —le grité, al fin, iracundo, violento y desentonado...

XC. El racimo olvidado

Después de las largas lluvias de octubre, en el oro celeste del día abierto, nos fuimos todos a las viñas. Platero llevaba la merienda y los sombreros de las niñas en un cobujón del seroncillo, y en el otro, de contrapeso, tierna, blanca y rosa, como una flor de albérchigo, a Blanca.

¡Qué encanto el del campo renovado! Iban los arroyos rebosantes, estaban blandamente aradas las tierras, y en los chopos marginales, festoneados todavía de amarillo, se veían ya los pájaros, negros.

De pronto, las niñas, una tras otra, corrieron, gritando:

—¡Un raciiimo! ¡Un raciiimo!

En una cepa vieja, cuyos largos sarmientos enredados mostraban aún algunas renegridas y carmines hojas secas, encendía el picante sol un claro y sano racimo de ámbar, brilloso como la mujer en su otoño. ¡Todas lo querían! Victoria, que lo cogió, lo defendía a su espalda. Entonces yo se lo pedí, y ella, con esa dulce obediencia voluntaria que presta al hombre la niña que va para mujer, me lo cedió de buen grado.

Tenía el racimo cinco grandes uvas. Le di una a Victoria, una a Blanca, una a Lola, una a Pepa —¡los niños!—, y la última, entre risas y palmas unánimes, a Platero, que la cogió, brusco, con sus dientes enormes.

XCI. Almirante

Tú no lo conociste. Se lo llevaron antes que tú vinieras. De él aprendí la nobleza. Como ves, la tabla con su nombre sigue sobre el pesebre que fue suyo, en el que están su silla, su bocado y su cabestro.

¡Qué ilusión cuando entró en el corral por vez primera, Platero! Era marismeño y con él venía a mí un cúmulo de fuerza, de vivacidad, de alegría. ¡Qué bonito era! Todas las mañanas, muy temprano, me iba con él ribera abajo y galopaba por las marismas levantando las bandadas de grajos que me rodeaban por los molinos cerrados. Luego subía por la carretera y entraba, en duro y cerrado trote corto, por la calle Nueva.

Una tarde de invierno vino a mi casa monsieur Dupont, el de las bodegas de San Juan, su fusta en la mano. Dejó sobre el velador de la salita unos billetes y se fue con Lauro hacia el corral. Después, ya anocheciendo, como en un sueño, vi pasar por la ventana a monsieur Dupont con Almirante, enganchado en su *charret*, calle Nueva arriba, entre la lluvia.

No sé cuántos días tuve el corazón encogido. Hubo que llamar al médico y me dieron bromuro y éter y no sé qué más, hasta que el tiempo, que todo lo borra, me lo quitó del pensamiento, como me quitó a Lord y a la niña también, Platero.

Sí, Platero. ¡Qué buenos amigos hubierais sido Almirante y tú!

XCII. Viñeta

Platero, en los húmedos y blandos surcos paralelos de la oscura haza recién arada, por los que corre ya otra vez un ligero brote de verdor de las semillas removidas, el sol, cuya carrera es ya tan corta, siembra, al ponerse, largos regueros de oro sensitivo. Los pájaros frioleros se van, en grandes y altos bandos, al Moro. La más leve ráfaga de viento desnuda ramas enteras de sus últimas hojas amarillas.

La estación convida a miramos el alma, Platero. Ahora tendremos otro amigo: el libro nuevo, escogido y noble. Y el campo todo se nos mostrará abierto, ante el libro abierto, propicio en su desnudez al infinito y sostenido pensamiento solitario.

Mira, Platero, este árbol que, verde y susurrante, cobijó, no hace un mes aún, nuestra siesta. Solo, pequeño y seco, se recorta, con un pájaro negro entre las hojas que le quedan, sobre la triste vehemencia amarilla del rápido Poniente.

XCIII. La escama

Desde la calle de la Aceña, Platero, Moguer es otro pueblo. Allí empieza el barrio de los marineros. La gente habla de otro modo, con términos marinos, con imágenes libres y vistosas. Visten mejor los hombres, tienen cadenas pesadas y fuman buenos cigarros y pipas largas. ¡Qué diferencia entre un hombre sobrio, seco y sencillo de la Carretería, por ejemplo, Raposo, y un hombre alegre, moreno y rubio, Picón, tú lo conoces, de la calle de la Ribera!

Granadilla, la hija del sacristán de San Francisco, es de la calle del Coral. Cuando vienen algún día a casa, deja la cocina vibrando de su viva charla gráfica. Las criadas, que son una de la Friseta, otra del Monturrio, otra de los Hornos, la oyen embobadas. Cuenta de Cádiz, de Tarifa y de la Isla; habla de tabaco de contrabando, de telas de Inglaterra, de medias de seda, de plata, de oro... Luego sale taconeando y contoneándose, ceñida su figulina ligera y rizada en el fino pañuelo negro de espuma...

Las criadas se quedan comentando sus palabras de colores. Veo a Montemayor mirando una escama de pescado contra el sol, tapado el ojo izquierdo con la mano... Cuando le pregunto qué hace, me responde que es la Virgen del Carmen, que se ve, bajo el arco iris, con su manto abierto y bordado, en la escama; la Virgen del Carmen, la Patrona de los marineros; que es verdad, que se lo ha dicho Granadilla...

XCIV. Pinito

¡Eese!... ¡Eese!... ¡Eese!... ¡... maj tonto que Pinitooo!...

Casi se me había olvidado quién era Pinito. Ahora, Platero, en este sol suave del otoño, que hace de los vallados de arena roja un incendio más colorado que caliente, la voz de ese chiquillo me hace, de pronto, ver venir a nosotros, subiendo la cuesta con una carga de sarmientos renegridos, al pobre Pinito.

Aparece en mi memoria y se borra otra vez. Apenas puedo recordarlo. Lo veo, un punto, seco, moreno, ágil, con un resto de belleza en su sucia fealdad; mas, al querer fijar mejor su imagen, se me escapa todo, como un sueño con la mañana, y ya no sé tampoco si lo que pensaba era de él... Quizá iba corriendo casi en cueros por la calle Nueva, en una mañana de agua, apedreado por los chiquillos; o, en un crepúsculo invernal, tornaba, cabizbajo y dando tumbos, por las tapias del cementerio viejo, al Molino de viento, a su cueva sin alquiler, cerca de los perros muertos, de los montones de basura y con los mendigos forasteros.

—¡... maj tonto que Pinitooo!... ¡Eese!...

¡Qué daría yo, Platero, por haber hablado una vez sola con Pinito! El pobre murió, según dice la Macaria, de una borrachera, en casa de las Colillas, en la gavia del Castillo, hace ya mucho tiempo, cuando era yo niño aún, como tú ahora, Platero. Pero ¿sería tonto? ¿Cómo, cómo sería?

Platero, muerto él sin saber yo cómo era, ya sabes que, según ese chiquillo, hijo de una madre que lo conoció sin duda, yo soy más tonto que Pinito.

XCV. El río

Mira, Platero, cómo han puesto el río entre las minas, el mal corazón y el padrastreo. Apenas si su agua roja recoge aquí y allá, esta tarde, entre el fango violeta y amarillo, el sol poniente; y por su cauce casi sólo pueden ir barcas de juguete. ¡Qué pobreza!

Antes, los barcos grandes de los vinateros, laúdes, bergantines, faluchos —El Lobo, La Joven Eloísa, el San Cayetano, que era de mi padre y que mandaba el pobre Quintero; La Estrella, de mi tío, que mandaba Picón—, ponían sobre el cielo de San Juan la confusión alegre de sus mástiles —¡sus palos mayores, asombro de los niños!—; o iban a Málaga, a Cádiz, a Gibraltar, hundidos de tanta carga de vino... Entre ellos, las lanchas complicaban el oleaje con sus ojos, sus santos y sus nombres pintados de verde, de azul, de blanco, de amarillo, de carmín... Y los pescadores subían al pueblo sardinas, ostiones, anguilas, lenguados, cangrejos... El cobre de Riotinto lo ha envenenado todo. Y menos mal, Platero, que con el asco de los ricos, comen los pobres la pesca miserable de hoy... Pero el falucho, el bergantín, el laúd, todos se perdieron.

¡Qué miseria! ¡Ya el Cristo no ve el aguaje alto en las mareas! Sólo queda, leve hilo de sangre de un muerto, mendigo harapiento y seco, la exangüe corriente del río, color de hierro igual que este ocaso rojo sobre el que La Estrella, desarmada, negra y podrida, al cielo la quilla mellada, recorta como una espina de pescado su quemada mole, en donde juegan, cual en mi pobre corazón las ansias, los niños de los carabineros.

XCVI. La granada

¡Qué hermosa esta granada, Platero! Me la ha mandado Aguedilla, escogida de lo mejor de su arroyo de las Monjas. Ninguna fruta me hace pensar, como ésta, en la frescura del agua que la nutre. Estalla de salud fresca y fuerte. ¿Vamos a comérnosla?

¡Platero, qué grato gusto amargo y seco el de la piel, dura y agarrada como una raíz a la tierra! Ahora, el primer dulzor, aurora hecha breve rubí, de los granos que se vienen pegados a la piel. Ahora, Platero, el núcleo apretado, sano, completo, con sus velos finos, el exquisito tesoro de amatistas comestibles, jugosas y fuertes, como el corazón de no sé qué reina joven. ¡Qué llena está, Platero! Ten, come. ¡Qué rica! ¡Con qué fruición se pierden los dientes en la abundante sazón alegre y roja! Espera, que no puedo hablar. Da al gusto una sensación como la del ojo perdido en el laberinto de colores inquietos de un calidoscopio. ¡Se acabó!

Yo ya no tengo granados, Platero. Tú no viste los del corralón de la bodega de la calle de las Flores. Íbamos por las tardes... Por las tapias caídas se veían los corrales de las casas de la calle del Coral, cada uno con su encanto, y el campo, y el río. Se oía el toque de las cornetas de los carabineros y la fragua de Sierra... Era el descubrimiento de una parte nueva del pueblo que no era la mía, en su plena poesía diaria. Caía el sol y los granados se incendiaban como ricos tesoros, junto al pozo en sombra que desbarataba la higuera llena de salamanquesas...

¡Granada, fruta de Moguer, gala de su escudo! ¡Granadas abiertas al sol grana del ocaso! ¡Granadas del huerto de las Monjas, de la cañada del Peral, de Sabariego, con los reposados valles hondos con arroyos donde se queda el cielo rosa, como en mi pensamiento, hasta bien entrada la noche!

XCVII. El cementerio viejo

Yo quería, Platero, que tú entraras aquí conmigo; por eso te he metido, entre los burros del ladrillero, sin que te vea el enterrador. Ya estamos en el silencio... Anda...

Mira, este es el patio de San José. Ese rincón umbrío y verde, con la verja caída, es el cementerio de los curas... Este patinillo encalado que se funde, sobre el Poniente, en el sol vibrante de las tres, es el patio de los niños... Anda... El Almirante... Doña Benita... La zanja de los pobres, Platero...

¡Cómo entran y salen los gorriones de los cipreses! ¡Míralos qué alegres! Esa abubilla que ves ahí, en la salvia, tiene el nido en un nicho... Los niños del enterrador. Mira con qué gusto se comen su pan con manteca colorada... Platero, mira esas dos mariposas blancas...

El patio nuevo... Espera... ¿Oyes? Los cascabeles... es el coche de las tres, que va por la carretera a la estación... Esos pinos son los del Molino de viento... Doña Lutgarda... El capitán... Alfredito Ramos, que traje yo, en su cajita blanca, de niño, una tarde de primavera, con mi hermano, con Pepe Sáenz y con Antonio Rivero... ¡Calla...! El tren de Riotinto que pasa por el puente... Sigue... La pobre

Carmen, la tísica, tan bonita, Platero... Mira esa rosa con sol... Aquí está la niña, aquel nardo que no pudo con sus ojos negros... Y aquí, Platero, está mi padre...

Platero...

XCVIII. Lipiani

Échate a un lado, Platero, y deja pasar a los niños de la escuela.

Es jueves, como sabes, y han venido al campo. Unos días los lleva Lipiani a lo del padre Castellano; otros, al puente de las Angustias; otros, a la Pila. Hoy se conoce que Lipiani está de humor, y, como ves, los ha traído hasta la Ermita.

Algunas veces he pensado que Lipiani te deshombrara —ya sabes lo que es desasnar a un niño, según palabra de nuestro alcalde—; pero me temo que te murieras de hambre. Porque el pobre Lipiani, con el pretexto de la hermandad en Dios y aquello de que los niños se acerquen a mí, que él explica a su modo, hace que cada niño reparta con él su merienda, las tardes de campo, que él menudea, y así se come trece mitades él solo.

¡Mira qué contentos van todos! Los niños, como corazones mal vestidos, rojos y palpitantes, traspasados de la ardorosa fuerza de esta alegre y picante tarde de octubre. Lipiani, contoneando su mole blanda en el ceñido traje canela de cuadros, que fue de Boria, sonriente su gran barba entrecana con la promesa de la comilona bajo el pino... Se queda el campo vibrando a su paso como un metal policromo, igual que la campana gorda que ahora, calladas ya a sus vísperas, sigue zumbando sobre el pueblo como un gran abejorro verde, en la torre de oro desde donde ella ve la mar.

XCIX. El castillo

¡Qué bello está el cielo esta tarde, Platero, con su metálica luz de otoño, como una ancha espada de oro limpio! Me gusta venir por aquí, porque desde esta cuesta en soledad se ve bien el ponerse del sol y nadie nos estorba, ni nosotros inquietamos a nadie...

Sólo una casa hay, blanca y azul, entre las bodegas y los muros sucios que bordean el jaramago y la ortiga, y se diría que nadie vive en ella. Este es el nocturno campo de amor de la Colilla y de su hija, esas buenas mozas blancas, iguales casi, vestidas siempre de negro. En esta gavia es donde se murió Pinito y donde estuvo dos días sin que lo viera nadie. Aquí pusieron los cañones cuando vinieron los artilleros. A don Ignacio, ya tú lo has visto, confiado, con su contrabando de aguardiente. Además, los toros entran por aquí, de las Angustias, y no hay ni chiquillos siquiera.

... Mira la viña por el arco del puente de la gavia, roja y decadente, con los hornos de ladrillo y el río violeta al fondo. Mira las marismas, solas. Mira cómo el sol poniente, al manifestarse, grande y grana, como un dios visible, atrae a él el éxtasis de todo y se hunde, en la raya de mar que está detrás de Huelva, en el absoluto silencio que le rinde el mundo; es decir, Moguer, su campo, tú y yo, Platero.

C. La plaza vieja de toros

Una vez más pasa por mí, Platero, en incogible ráfaga, la visión aquella de la plaza vieja de toros que se quemó una tarde... de... que se quemó, yo no sé cuando...

Ni sé tampoco cómo era por dentro... Guardo una idea de haber visto —¿o fue en una estampa de las que venían en el chocolate que me daba Manolito Flórez?— unos perros chatos, pequeños y grises, como de maciza goma, echados al aire por un toro negro...Y una redonda soledad absoluta, con una alta hierba muy verde... Sólo sé cómo era por fuera, digo por encima; es decir, lo que no era plaza... Pero no había gente... Yo daba, corriendo, la vuelta por las gradas de pino, con la ilusión de estar en una plaza de toros buena y verdadera, como las de aquellas estampas, más alto cada vez; y, en el anochecer de agua que se venía encima, se me entró, para siempre, en el alma, un paisaje lejano de un rico verdor negro, a la sombra, digo, al frío del nubarrón, con el horizonte de pinares recortado sobre una ola y leve claridad corrida y blanca, allá sobre el mar...

Nada más... ¿Qué tiempo estuve allí? ¿Quién me sacó? ¿Cuándo fue? No lo sé, ni nadie me lo ha dicho, Platero... Pero todos me responden cuando les hablo de ello:

—Sí; la plaza del Castillo, que se quemó... Entonces sí que venían toreros a Moguer...

CI. El eco

El paraje es tan solo, que parece que siempre hay alguien por él. De vuelta de los montes, los cazadores alargan por aquí el paso y se suben por los vallados para ver más lejos. Se dice que, en sus correrías por este término, hacía noche aquí Parrales, el bandido... La roca roja está contra el naciente y, arriba, alguna cabra desviada, se recorta, a veces, contra la luna amarilla del anochecer. En la pradera, una charca que solamente seca agosto, coge pedazos de cielo amarillo, verde, rosa, ciega casi por las piedras que desde lo alto tiran los chiquillos a las ranas, o por levantar el agua en un remolino estrepitoso.

... He parado a Platero en la vuelta del camino, junto al algarrobo que cierra la entrada del prado, negro todo de sus alfanjes secos; y aumentando mi boca con mis manos, he gritado contra la roca: "¡Platero!"

La roca, con respuesta seca, endulzada un poco por el contagio del agua próxima, ha dicho: "¡Platero!"

Platero ha vuelto, rápido, la cabeza, irguiéndola y fortaleciéndola, y con un impulso de arrancar, se ha estremecido todo.

"¡Platero!", he gritado de nuevo a la roca.

La roca de nuevo ha dicho: "¡Platero!"

Platero me ha mirado, ha mirado la roca y, remangado el labio, ha puesto un interminable rebuzno contra el cenit.

La roca ha rebuznado larga y oscuramente con él en un rebuzno paralelo al suyo, con el fin más largo.

Platero ha vuelto a rebuznar.

La roca ha vuelto a rebuznar.

Entonces, Platero, en un rudo alboroto testarudo, se ha cerrado como un día malo, ha empezado a dar vueltas con el testuz o en el suelo, queriendo romper la cabezada, huir, dejarme solo, hasta que me lo he ido trayendo con palabras bajas, y poco a poco su rebuzno se ha ido quedando solo en su rebuzno, entre las chumberas.

CII. Susto

Era la comida de los niños. Soñaba la lámpara su rosada lumbre tibia sobre el mantel de nieve y los geranios rojos y las pintadas manzanas coloreaban de una áspera alegría fuerte aquel sencillo idilio de caras inocentes. Las niñas comían como mujeres; los niños discutían como algunos hombres. Al fondo, dando el pecho blanco al pequeñuelo, la madre, joven, rubia y bella, los miraba sonriendo. Por la ventana del jardín, la clara noche de estrellas temblaba, dura y fría.

De pronto, Blanca huyó, como un débil rayo, a los brazos de la madre. Hubo un súbito silencio, y luego, en un estrépito de sillas caídas, todos corrieron tras ella, con un raudo alborotar, mirando espantados a la ventana.

¡El tonto de Platero! Puesta en el cristal su cabezota blanca, agigantada por la sombra, los cristales y el miedo, contemplaba, quieto y triste, el dulce comedor encendido.

CIII. La fuente vieja

Blanca siempre sobre el pinar siempre verde; rosa o azul, siendo blanca, en la aurora; de oro o malva en la tarde, siendo blanca; verde o celeste, siendo blanca en la noche; la Fuente vieja, Platero, donde tantas veces me has visto parado tanto tiempo, encierra en sí, como una clave o una tumba, toda la elegía del mundo, es decir, el sentimiento de la vida verdadera.

En ella he visto el Partenón, las Pirámides, las catedrales todas. Cada vez que una fuente, un mausoleo, un pórtico me desvelaron con la insistente permanencia de su belleza, alternaba en mi duermevela su imagen con la imagen de la Fuente vieja.

De ella fui a todo. De todo torné a ella. De tal manera está en su sitio, tal armoniosa sencillez la eterniza, el color y la luz son suyos tan por entero, que casi se podría coger de ella en la mano, como su agua, el caudal completo de la vida. La pintó Böcklin sobre Grecia; fray Luis la tradujo; Beethoven la inundó de alegre llanto; Miguel Ángel se la dio a Rodin.

Es la cuna y es la boda; es la canción y es el soneto; es la realidad y es la alegría; es la muerte.

Muerta está ahí, Platero, esta noche, como una carne de mármol entre el oscuro y blando verdor rumoroso; muerta, manando de mi alma el agua de mi eternidad.

CIV. Camino

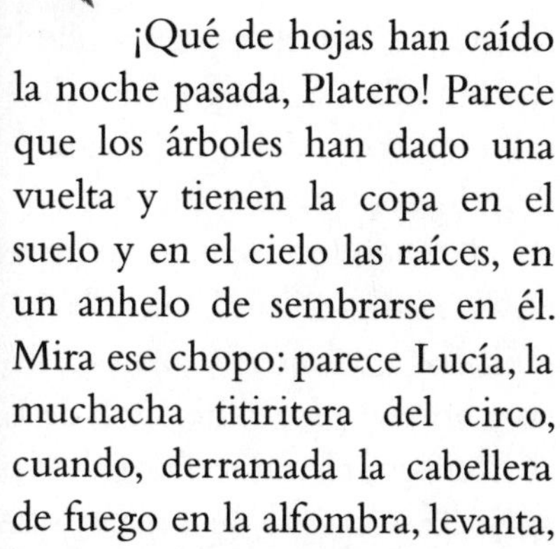

¡Qué de hojas han caído la noche pasada, Platero! Parece que los árboles han dado una vuelta y tienen la copa en el suelo y en el cielo las raíces, en un anhelo de sembrarse en él. Mira ese chopo: parece Lucía, la muchacha titiritera del circo, cuando, derramada la cabellera de fuego en la alfombra, levanta, unidas, sus finas piernas bellas, que alarga la malla gris.

Ahora, Platero, desde la desnudez de las ramas, los pájaros nos verán entre las hojas de oro, como nosotros los veíamos a ellos entre las hojas verdes, en la primavera. La canción suave que antes cantaron las hojas arriba, ¡en qué seca oración arrastrada se ha tornado abajo!

¿Ves el campo, Platero, todo lleno de hojas secas? Cuando volvamos por aquí, el domingo que viene, no verás una sola. No sé dónde se mueren. Los pájaros, en su amor de la primavera, han debido de decirles el secreto de ese morir bello y oculto, que no tendremos tú ni yo, Platero...

CV. Piñones

Ahí viene, por el sol de la calle Nueva, la chiquilla de los piñones. Los trae crudos y tostados. Voy a comprarle, para ti y para mí, una perra gorda de piñones tostados, Platero.

Noviembre superpone invierno y verano en días dorados y azules. Pica el sol, y las venas se hinchan como sanguijuelas, redondas y azules... Por las blancas calles tranquilas y limpias pasa el liencero de La Mancha con su fardo gris al hombro; el quincallero de Lucena, todo cargado de luz amarilla, sonando su tin tan que recoge en cada sonido el sol... Y, lenta, pegada a la pared, pintando con cisco, en larga raya, la cal, doblada con su espuerta, la niña de la Arena, que pregona larga y sentidamente: "¡A loj tojtaiiitoooj piñoneee...!"

Los novios los comen juntos en las puertas, trocando, entre sonrisas de llama, meollos escogidos. Los niños que van al colegio, van partiéndolos en los umbrales con una piedra... Me acuerdo que, siendo yo niño, íbamos al naranjal de Mariano, en los Arroyos, las tardes de invierno. Llevábamos un pañuelo de piñones tostados, y toda mi ilusión era llevar la navaja con que los partimos, una navaja de cabo de nácar, labrada en forma de pez, con dos ojitos correspondidos de rubí, al través de los cuales se veía la torre Eiffel...

¡Qué gusto tan bueno dejan en la boca los piñones tostados, Platero! ¡Dan un brío, un optimismo! Se siente uno con ellos seguro en el sol de la estación fría, como hecho ya monumento inmortal, y se anda con ruido, y se lleva sin peso la ropa de invierno, y hasta echaría uno un pulso con León, Platero, o con el Manquito, el mozo de los coches...

CVI. El toro huido

Cuando llego yo, con Platero, al naranjal, todavía la sombra está en la cañada, blanca de la uña de león con escarcha. El sol aún no da oro al cielo incoloro y fúlgido, sobre el que la colina de chaparros dibuja sus más finas aulagas... De vez en cuando, un blando rumor ancho y prolongado me hace alzar los ojos. Son los estorninos, que vuelven a los olivares, en largos bandos, cambiando en evoluciones ideales...

Toco las palmas... El eco... ¡Manuel! .... Nadie... De pronto, un rápido rumor grande y redondo... El corazón late con un presentimiento de todo su tamaño. Me escondo, con Platero, en la higuera vieja...

Sí, ahí va. Un toro colorado pasa, dueño de la mañana, olfateando, mugiendo, destrozando por capricho lo que encuentra. Se para un momento en la colina y llena el valle,

hasta el cielo, de un lamento corto y terrible. Los estorninos, sin miedo, siguen pasando con un rumor que el latido de mi corazón ahoga, sobre el cielo rosa.

En una polvareda, que el sol que asoma ya, toca de cobre, el toro baja, entre las pitas, al pozo. Bebe un momento, y luego, soberbio, campeador, mayor que el campo, se va, cuesta arriba, los cuernos colgados de despojos de vid, hacia el monte, y se pierde, al fin, entre los ojos ávidos y la deslumbrante aurora, ya de oro puro.

CVII. Idilio de noviembre

Cuando, anochecido, vuelve Platero del campo con su blanca carga de ramas de pino para el horno, casi desaparece bajo la amplia verdura rendida. Su paso es menudo, unido, como el de la señorita del circo en el alambre, fino, juguetón... Parece que no anda. En punta las orejas, se diría un caracol debajo de su casa.

Las ramas verdes, ramas que, erguidas, tuvieron en ellas el sol los chamarices, el viento, la luna, los cuervos —¡qué horror !, ¡ahí han estado, Platero!—, se caen, pobres, hasta el polvo blanco de las sendas secas del crepúsculo.

Una fría dulzura malva lo nimba todo. Y en el campo, que va ya a diciembre, la tierna humildad del burro cargado empieza, como el año pasado, a parecer divina...

CVIII. La yegua blanca

Vengo triste, Platero... Mira; pasando por la calle de las Flores, ya en la Portada, en el mismo sitio en que el rayo mató a los dos niños gemelos, estaba muerta la yegua blanca del Sordo. Unas chiquillas casi desnudas la rodeaban, silenciosas.

Purita, la costurera, que pasaba, me ha dicho que el Sordo llevó esta mañana la yegua al moridero, harto ya de darle de comer. Ya sabes que la pobre era tan vieja como don Julián y tan torpe. No veía, ni oía, y apenas podía andar... A eso del mediodía, la yegua estaba otra vez en el portal de su amo. Él, irritado, cogió un rodrigón y la quería echar a palos. No se iba. Entonces la pinchó con la hoz. Acudió la gente y, entre maldiciones y bromas, la yegua salió, calle arriba, cojeando, tropezándose. Los chiquillos la seguían con piedras y gritos... Al fin, cayó al suelo y allí la remataron. Algún sentimiento compasivo revoló sobre ella.

"¡Dejadla morir en paz!", como si tú o yo hubiésemos estado allí, Platero; pero fue como una mariposa en el centro de un vendaval.

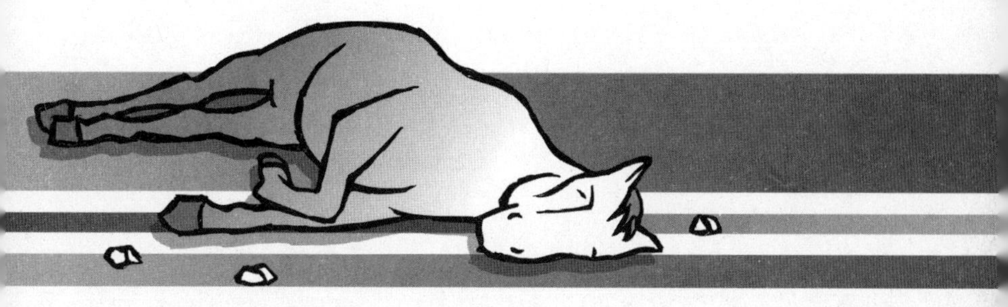

Todavía, cuando la he visto, las piedras yacían a su lado, fría ya ella como ellas. Tenía un ojo abierto del todo, que, ciego en su vida, ahora que estaba muerta parecía como si mirara. Su blancura era lo que iba quedando de luz en la calle oscura, sobre la que el cielo del anochecer, muy alto con el frío, se aborregaba todo de levísimas nubecillas de rosa...

CIX. Cencerrada

Verdaderamente, Platero, que estaban bien. Doña Camila iba vestida de blanco y rosa, dando lección, con el cartel y el puntero, a un cochinito. Él, Satanás, tenía un pellejo vacío de mosto en una mano y con la otra le sacaba a ella de la faltriquera una bolsa de dinero. Creo que hicieron las figuras Pepe el Pollo y Concha la Mandadera, que se llevó no sé qué ropas viejas de mi casa. Delante iba Pepito el Retratado, vestido de cura, en un burro negro, con un pendón. Detrás, todos los chiquillos de la calle de Enmedio, de la calle de la Fuente, de la Carretería, de la plazoleta de los Escribanos, del callejón de tío Pedro Tello, tocando latas, cencerros, peroles, almireces, gangarros, calderos, en rítmica armonía, en la luna llena de las calles.

Ya sabes que doña Camila es tres veces viuda y que tiene sesenta años, y que Satanás, viudo también aunque una sola vez, ha tenido tiempo de consumir el mosto de setenta vendimias. ¡Habrá que oírlo esta noche detrás de los cristales de la casa cerrada, viendo y oyendo su historia y la de su nueva esposa, en efigie y en romance!

Tres días, Platero, durará la cencerrada. Luego, cada vecina se irá llevando del altar de la plazoleta, ante el que, alumbradas las imágenes, bailan los borrachos, lo que es suyo. Luego seguirá unas noches más el ruido de los chiquillos. Al fin, sólo quedarán la luna llena y el romance...

CX. Los gitanos

Mírala, Platero. Ahí viene, calle abajo, en el sol de cobre, derecha, enhiesta, a cuerpo, sin mirar a nadie... ¡Qué bien lleva su pasada belleza, gallarda todavía, como en roble, el pañuelo amarillo de talle, en invierno, y la falda azul de volantes, lunareada de blanco! Va al Cabildo, a pedir permiso para acampar, como siempre, tras el cementerio. Ya recuerdas los tenduchos astrosos de los gitanos, con sus hogueras, sus mujeres vistosas y sus burros moribundos, mordisqueando la muerte, en derredor.

¡Los burros, Platero! ¡Ya estarán temblando los burros de la Friseta, sintiendo a los gitanos desde los corrales bajos! (Yo estoy tranquilo por Platero, porque para llegar a su cuadra tendrían los gitanos que saltar medio pueblo, y, además, porque Rengel, el guarda, me quiere y lo quiere a él.) Pero, por amedrentarlo en broma, le digo, ahuecando y poniendo negra la voz:

—¡Adentro, Platero, adentro! ¡Voy a cerrar la cancela, que te van a llevar!

Platero, seguro de que no lo robarán los gitanos, pasa, trotando, la cancela, que se cierra tras él con duro estrépito de hierro y cristales, y salta y brinca, del patio de mármol al de las flores y de éste al corral, como una flecha, rompiendo —¡brutote!—, en su corta fuga, la enredadera azul.

CXI. La llama

Acércate más, Platero. Ven... Aquí no hay que guardar etiquetas. El casero se siente feliz a tu lado, porque es de los tuyos. Alí, su perro, ya sabes que te quiere. Y yo, ¡no te digo nada, Platero!... ¡Qué frío hará en el naranjal! Ya oyes a Raposo: "¡Dioj quiá que no je queme nesta noche muchaj naranja!"

¿No te gusta el fuego, Platero? No creo que mujer desnuda alguna pueda poner su cuerpo con la llamarada. ¿Qué cabellera suelta, que brazos, qué piernas resistirían la comparación con estas desnudeces ígneas? Tal vez no tenga la Naturaleza muestra mejor que el fuego. La casa está cerrada y la noche fuera y sola; y, sin embargo, ¡cuánto más cerca que el campo mismo estamos, Platero, de la Naturaleza, en esta ventana abierta al antro plutónico! El fuego es el universo dentro de casa. Colorado e interminable, como la sangre de una herida del cuerpo, nos calienta y nos da hierro, con todas las memorias de la sangre.

Platero, ¡qué hermoso es el fuego! Mira cómo Alí, casi quemándose en él, lo contempla con sus vivos ojos abiertos.

¡Qué alegría! Estamos envueltos en danzas de oro y danzas de sombras. La casa toda baila, y se achica y se agiganta en juego fácil, como los rusos. Todas las formas surgen de él, en infinito encanto: ramas y pájaros, el león y el agua, el monte y la rosa. Mira: nosotros mismos, sin quererlo, bailamos en la pared, en el suelo, en el techo.

¡Qué locura, qué embriaguez, qué gloria! El mismo amor parece muerte aquí, Platero.

CXII. Convalecencia

Desde la débil iluminación amarilla de mi cuarto de convaleciente, blando de alfombras y tapices, oigo pasar por la calle nocturna, como en un sueño con relente de estrellas, ligeros burros que retornan del campo, niños que juegan y gritan.

Se adivinan cabezotas oscuras de asnos, y cabecitas finas de niños que, entre los rebuznos, cantan, con cristal y plata, coplas de Navidad. El pueblo se siente envuelto en una humareda de castañas tostadas, en un vaho de establos, en un aliento de hogares en paz...

Y mi alma se derrama, purificadora, como si un raudal de aguas celestes le surtiera de la pena en sombra del corazón. ¡Anochecer de redenciones! ¡Hora íntima, fría y tibia a un tiempo, llena de claridades infinitas!

Las campanas, allá arriba, allá fuera, repican entre las estrellas. Contagiado, Platero rebuzna en su cuadra, que, en este instante de cielo cercano, parece que está muy lejos... Yo lloro, débil, conmovido y solo, igual que Fausto...

CXIII. El burro viejo

... En fin, anda tan cansado
que a cada passo se pierde...
(El potro rucio del
Alcayde de los Vélez.)
Romancero general.

No sé cómo irme de aquí, Platero. ¿Quién lo deja ahí al pobre, sin guía y sin amparo?

Ha debido de salirse del moridero. Yo creo que no nos oye ni nos ve. Ya lo viste esta mañana en ese mismo vallado, bajo las nubes blancas, alumbrada su seca miseria mohina, que llenaban de islas vivas las moscas, por el sol radiante, ajeno a la belleza prodigiosa del día de invierno. Daba una lenta vuelta, como sin oriente, cojo de todas las patas, y se volvía otra vez al mismo sitio. No ha hecho más que mudar de lado. Esta mañana miraba al Poniente y ahora mira al Naciente.

¡Qué traba la de la vejez, Platero! Ahí tienes a ese pobre amigo, libre y sin irse, aun viniendo ya hacia él la primavera. ¿O es que está muerto, como Bécquer, y sigue en pie, sin embargo? Un niño podría dibujar su contorno fijo, sobre el cielo del anochecer.

Ya lo ves... Lo he querido empujar y no arranca... Ni atiende a las llamadas... Parece que la agonía lo ha sembrado en el suelo...

Platero, se va a morir de frío en ese vallado alto, esta noche pasado por el Norte... No sé cómo irme de aquí; no sé qué hacer, Platero...

CXIV. El alba

En las lentas madrugadas de invierno, cuando los gallos alertas ven las primeras rosas del alba y las saludan galantes, Platero, harto de dormir, rebuzna largamente. ¡Cuán dulce su lejano despertar, en la luz celeste que entra por las rendijas de la alcoba! Yo, deseoso también del día, pienso en el sol desde mi lecho mullido.

Y pienso en lo que habría sido del pobre Platero si en vez de caer en mis manos de poeta hubiese caído en las de uno de esos carboneros que van, todavía de noche, por la dura escarcha de los caminos solitarios, a robar los pinos de los montes, o en las de uno de esos gitanos astrosos que pintan los burros y les dan arsénico y les ponen alfileres en las orejas para que no se les caigan.

Platero rebuzna de nuevo. ¿Sabrá que pienso en él? ¿Qué me importa? En la ternura del amanecer, su recuerdo me es grato como el alba misma. Y, gracias a Dios, él tiene una cuadra tibia y blanda como una cuna, amable como mi pensamiento.

CXV. Florecillas

A mi madre

Cuando murió Mamá Teresa, me dice mi madre, agonizó con un delirio de flores. Por no sé qué asociación, Platero, con las estrellitas de colores de mi sueño de entonces, niño pequeñito, pienso, siempre que lo recuerdo, que las flores de su delirio fueron las verbenas, rosas, azules, moradas.

No veo a Mamá Teresa más que a través de los cristales de colores de la cancela del patio, por los que yo miraba azul o grana la luna y el sol, inclinada tercamente sobre las macetas celestes o sobre los arriates blancos. Y la imagen permanece sin volver la cara —porque yo no me acuerdo cómo era—, bajo el sol de la siesta de agosto o bajo las lluviosas tormentas de septiembre.

En su delirio dice mi madre que llamaba a no sé qué jardinero invisible, Platero. El que fuera, debió de llevársela por una vereda de flores, de verbenas, dulcemente. Por ese camino torna ella, en mi memoria, a mí, que la conservo a su gusto en mi sentir amable, aunque fuera del todo de mi corazón, como entre aquellas sedas finas que ella usaba, sembradas todas de flores pequeñitas, hermanas también de los heliotropos caídos del huerto y de las lucecillas fugaces de mis noches de niño.

CXVI. Navidad

¡La candela en el campo!... Es tarde de Nochebuena, y un sol opaco y débil clarea apenas en el cielo crudo, sin nubes, todo gris en vez de todo azul, con un indefinible amarillor en el horizonte de Poniente... De pronto, salta un estridente crujido de ramas verdes que empiezan a arder; luego, el humo apretado, blanco como armiño, y la llama, al fin, que limpia el humo y puebla el aire de puras lenguas momentáneas, que parecen lamerlo.

¡Oh la llama en el viento! Espíritus rosados, amarillos, malvas, azules, se pierden no sé donde, taladrando un secreto cielo bajo; ¡y dejan un olor de ascua en el frío! ¡Campo, tibio ahora, de diciembre! ¡Invierno con cariño! ¡Nochebuena de los felices!

Las jaras vecinas se derriten. El paisaje, a través del aire caliente, tiembla y se purifica como si fuese de cristal errante. Y los niños del casero, que no tienen Nacimiento, se vienen alrededor de la candela, pobres y tristes, a calentarse las manos arrecidas, y echan en las brasas bellotas y castañas, que revientan, en un tiro.

Y se alegran luego, y saltan sobre el fuego que ya la noche va enrojeciendo, y cantan:

... Camina, María,
camina, José...

Yo les traigo a Platero, y se lo doy, para que jueguen con él.

CXVII. La calle de la ribera

Aquí, en esta casa grande, hoy cuartel de la Guardia Civil, nací yo, Platero. ¡Cómo me gustaba de niño y qué rico me parecía este pobre balcón, mudéjar a lo maestro Garfia, con sus estrellas de cristales de colores! Mira por la cancela, Platero; todavía las lilas, blancas y lilas, y las campanillas azules engalanan, colgando la verja de madera, negra por el tiempo, del fondo del patio, delicia de mi edad primera.

Platero, en esta esquina de la calle de las Flores se ponían por la tarde los marineros, con sus trajes de paño de varios azules, en hazas, como el campo de octubre. Me acuerdo que me parecían inmensos; que, entre sus piernas, abiertas por la costumbre del mar, veía yo, allí abajo, el río, con sus listas paralelas de agua y de marisma, brillantes aquéllas, secas éstas y amarillas; con un lento bote en el encanto del otro brazo del río; con las violentas manchas coloradas en el cielo del Poniente... Después, mi padre se fue a la calle

Nueva, porque los marineros andaban siempre navaja en mano, porque los chiquillos rompían todas las noches la farola del zaguán y la campanilla y porque en la esquina hacía siempre mucho viento...

Desde el mirador se ve el mar. Y jamás se borrará de mi memoria aquella noche en que nos subieron a los niños todos, temblorosos y ansiosos, a ver el barco inglés aquel que estaba ardiendo en la Barra...

CXVIII. El invierno

Dios está en su palacio de cristal. Quiero decir que llueve, Platero. Llueve. Y las últimas flores que el otoño dejó obstinadamente prendidas a sus ramas exangües, se cargan de diamantes. En cada diamante, un cielo, un palacio de cristal, un Dios. Mira esta rosa; tiene dentro otra rosa de agua, y al sacudirla, ¿ves?, se le cae la nueva flor brillante, como su alma, y se queda mustia y triste, igual que la mía.

El agua debe de ser tan alegre como el sol. Mira, si no, cuál corren felices, los niños bajo ella, recios y colorados, al aire las piernas. Ve cómo los gorriones se entran todos, en bullanguero bando súbito, en la yedra, en la escuela, Platero, como dice Darbón, tu médico.

Llueve. Hoy no vamos al campo. Es día de contemplaciones. Mira cómo corren las canales del tejado. Mira cómo se limpian las acacias, negras ya y un poco doradas todavía; cómo torna a navegar por la cuneta el barquito de los niños, parado ayer entre la hierba. Mira ahora, en este sol instantáneo y débil, cuán bello el arco iris que sale de la iglesia y muere, en una vaga irisación, a nuestro lado.

CXIX. Leche de burra

La gente va más de prisa y tose en el silencio de la mañana de diciembre. El viento vuelca el toque de misa en el otro lado del pueblo. Pasa vacío el coche de las siete... Me despierta otra vez un vibrador ruido de los hierros de la ventana... ¿Es que el cielo ha atado a ella otra vez, como todos los años, su burra?

Corren presurosas las lecheras arriba y abajo, con su cántaro de lata en el vientre, pregonando su blanco tesoro en el frío. Esta leche que saca el ciego a su burra es para los catarrosos.

Sin duda, el ciego, como es ciego, no ve la ruina, mayor, si es posible, cada día, cada hora, de su burra. Parece ella entera un ojo ciego de su amo... Una tarde, yendo yo con Platero por la cañada de las Ánimas, me vi al ciego dando palos a diestro y siniestro tras la pobre burra que corría por los prados, sentada casi en la yerba mojada. Los palos caían en un naranjo, en la noria, en el aire, menos fuertes que los juramentos que, de ser sólidos, habrían derribado el torreón del Castillo... No quería la pobre burra vieja más advientos y se defendía del Destino vertiendo en lo infecundo de la tierra, como Onán, la dádiva de algún burro desahogado... El ciego, que vive su oscura vida vendiendo a los viejos por un cuarto, o por una promesa, dos dedos del néctar de los burrillos, quería que la burra retuviese, en pie, el don fecundo, causa de su dulce medicina.

Y ahí está la burra, rascando su miseria en los hierros de la ventana, farmacia miserable, para todo otro invierno, de viejos fumadores, tísicos y borrachos...

CXX. Noche pura

Las almenadas azoteas blancas se cortan secamente sobre el alegre cielo azul, gélido y estrellado. El norte silencioso acaricia, vivo, con su pura agudeza.

Todos creen que tienen frío, y se esconden en las casas y las cierran. Nosotros, Platero, vamos a ir despacio, tú con tu lana y con mi manta, yo con mi alma, por el limpio pueblo solitario.

¡Qué fuerza de adentro me eleva, cual si fuese yo una torre de piedra tosca con remate de plata libre! ¡Mira cuánta estrella! De tantas como son, marean. Se diría el cielo un mundo de niños, que le está rezando a la tierra un encendido rosario de amor ideal.

¡Platero, Platero! ¡Diera yo toda mi vida y anhelara que tú quisieras dar la tuya por la pureza de esta alta noche de enero, sola, clara y dura!

CXXI. La corona de perejil

¡A ver quién llega antes!

El premio era un libro de estampas, que yo había recibido la víspera, de Viena.

—¡A ver quién llega antes a las violetas!... A la una... A las dos... A las tres!

Salieron las niñas corriendo, en un alegre alboroto blanco y rosa al sol amarillo. Un instante, se oyó en el silencio que el esfuerzo mudo de sus pechos abría en la mañana, la hora lenta que daba el reloj de la torre del pueblo, el menudo cantar de un mosquitito en la colina de los pinos, que llenaban los lirios azules, el venir del agua en el regato... Llegaban las niñas al primer naranjo, cuando Platero, que holgazaneaba por allí, contagiado del juego, se unió a ellas en su

vivo correr. Ellas, por no perder, no pudieron protestar ni reírse siquiera...

Yo les gritaba: "¡Que gana Platero! ¡Que gana Platero!"

Sí; Platero llegó a las violetas antes que ninguna, y se quedó allí, revolcándose en la arena.

Las niñas volvieron protestando sofocadas, subiéndose las medias, cogiéndose el cabello:

—¡Eso no vale! ¡Eso no vale! ¡Pues no! ¡Pues no! ¡Pues no, ea!

Les dije que aquella carrera la había ganado Platero, y que era justo premiarlo de algún modo. Que bueno, que el libro, como Platero no sabía leer, se quedaría para otra carrera de ellas; pero que a Platero había que darle un premio.

Ellas, seguras ya del libro, saltaban y reían, rojas:

—¡Sí! ¡Sí! ¡Sí!

Entonces, acordándome de mí mismo, pensé que Platero tendría el mejor premio en su esfuerzo, como yo en mis versos. Y cogiendo un poco de perejil del cajón de la puerta de la casera, hice una corona, y se la puse en la cabeza, honor fugaz y máximo, como a un lacedemonio.

CXXII. Los Reyes Magos

¡Qué ilusión, esta noche, la de los niños, Platero! No era posible acostarlos. Al fin, el sueño los fue rindiendo: a uno, en una butaca; a otro, en el suelo, al arrimo de la chimenea; a Blanca, en una silla baja; a Pepe, en el poyo de la ventana, la cabeza sobre los clavos de la puerta, no fueran a pasar los Reyes... Y ahora, en el fondo de esta afuera de la vida, se siente como un gran corazón pleno y sano, el sueño de todos, vivo y mágico.

Antes de la cena, subí con todos. ¡Qué alboroto por la escalera, tan medrosa para ellos otras noches! "A mí no me da miedo de la montera, Pepe; ¿y a ti?", decía Blanca, cogida muy fuerte de mi mano. Y pusimos en el balcón, entre las cidras, los zapatos de todos. Ahora, Platero, vamos a vestirnos Montemayor, tita, María Teresa, Polilla, Perico, tú y yo, con sábanas y colchas y sombreros antiguos. Y a las doce pasaremos ante la ventana de los niños en cortejo de disfraces y de luces, tocando almireces, trompetas y el caracol que está en el último cuarto. Tú irás delante conmigo, que seré Gaspar y llevaré unas barbas blancas de estopa, y llevarás, como un delantal, la bandera de Colombia, que he traído de casa de mi tío, el cónsul... Los niños, despertados de pronto, con el sueño colgado aún, en jirones, de los ojos asombrados, se asomarán en camisa a los cristales, temblorosos y maravillados. Después, seguiremos en su sueño toda la madrugada, y mañana, cuando, ya tarde, los deslumbre el cielo azul por los postigos, subirán, a medio vestir, al balcón, y serán dueños de todo el tesoro.

El año pasado nos reímos mucho. ¡Ya verás cómo nos vamos a divertir esta noche, Platero, camellito mío!

CXXIII. *Mons-urium*

El Monturrio, hoy. Las colinitas rojas, más pobres cada día por la cava de los areneros, que, vistas desde el mar, parecen de oro y que nombraron los romanos de ese modo brillante y alto. Por él se va, más pronto que por el cementerio, al Molino de viento. Asoma ruinas por doquiera, y en sus viñas, los cavadores sacan huesos, monedas y tinajas.

... Colón no me da demasiado bienestar, Platero. Que si paró en mi casa, que si comulgó en Santa Clara, que si es de su tiempo esta palmera o la otra hospedería... Está cerca y no va lejos, y ya sabes los dos regalos que nos trajo de América. Los que me gusta sentir bajo mí, como una raíz fuerte, son los romanos, los que hicieron ese hormigón del Castillo que no hay pico ni golpe que arruine, en el que no fue posible clavar la veleta de la Cigüeña, Platero...

No olvidaré nunca el día en que, muy niño, supe este nombre: *Mons-urium*, Se me ennobleció de pronto el Monturrio y para siempre. Mi nostalgia de lo mejor, ¡tan triste en mi pobre pueblo!, halló un engaño deleitable. ¿A quién tenía yo que envidiar ya? ¿Qué antigüedad, qué ruina —catedral o castillo— podría ya retener mi largo pensamiento sobre los ocasos de la ilusión? Me encontré de pronto como sobre un tesoro inextinguible. Moguer, Monte de oro, Platero; puedes vivir y morir contento.

CXXIV. El vino

Platero, te he dicho que el alma de Moguer es el pan. No. Moguer es como una caña de cristal grueso y claro, que espera todo el año, bajo el redondo cielo azul, su vino de oro. Llegado septiembre, si el diablo no agua la fiesta, se colma esta copa, hasta el borde, de vino y se derrama casi siempre como un corazón generoso.

Todo el pueblo huele entonces a vino, más o menos generoso, y suena a cristal. Es como si el sol se donara en líquida hermosura y por cuatro cuartos, por el gusto de encerrarse en el recinto transparente del pueblo blanco, y de alegrar su sangre buena. Cada casa es, en cada calle, como una botella en la estantería de Juanito Miguel o del Realista, cuando el Poniente las toca de sol.

Recuerdo *La fuente de la indolencia,* de Turner, que parece pintada toda, en su amarillo limón, con vino nuevo. Así Moguer, fuente de vino que, como la sangre, acude a cada herida suya, sin término; manantial de triste alegría que, igual al sol de abril, sube a la primavera cada año, pero cayendo cada día.

CXXV. La fábula

Desde niño, Platero, tuve un horror instintivo al apólogo, como a la iglesia, a la Guardia Civil, a los toreros y al acordeón. Los pobres animales, a fuerza de hablar tonterías por boca de los fabulistas, me parecían tan odiosos como en el silencio de las vitrinas hediondas de la clase de Historia Natural. Cada palabra que decían, digo, que decía un señor acatarrado, rasposo y amarillo, me parecía un ojo de cristal, un alambre de ala, un soporte de rama falsa. Luego, cuando vi en los circos de Huelva y de Sevilla animales amaestrados, la fábula, que había quedado, como las planas y los premios, en el olvido de la escuela dejada, volvió a surgir como una pesadilla desagradable de mi adolescencia.

Hombre ya, Platero, un fabulista, Jean de La Fontaine, de quien tú me has oído tanto hablar y repetir, me reconcilió con los animales parlantes; y un verso suyo, a veces, me parecía voz verdadera del grajo, de la paloma o de la cabra. Pero siempre dejaba sin leer la moraleja, ese rabo seco, esa ceniza, esa pluma caída del final.

Claro está, Platero, que tú no eres un burro en el sentido vulgar de la palabra, ni con arreglo a la definición del Diccionario de la Academia Española. Lo eres, sí, como yo lo sé y lo entiendo. Tú tienes tu idioma y no el mío, como no tengo yo el de la rosa ni ésta el del ruiseñor. Así, no temas que vaya yo nunca, como has podido pensar entre mis libros, a hacerte héroe charlatán de una fabulilla, trenzando tu expresión sonora con la de la zorra o el jilguero, para luego deducir, en letra cursiva, la moral fría y vana del apólogo. No, Platero...

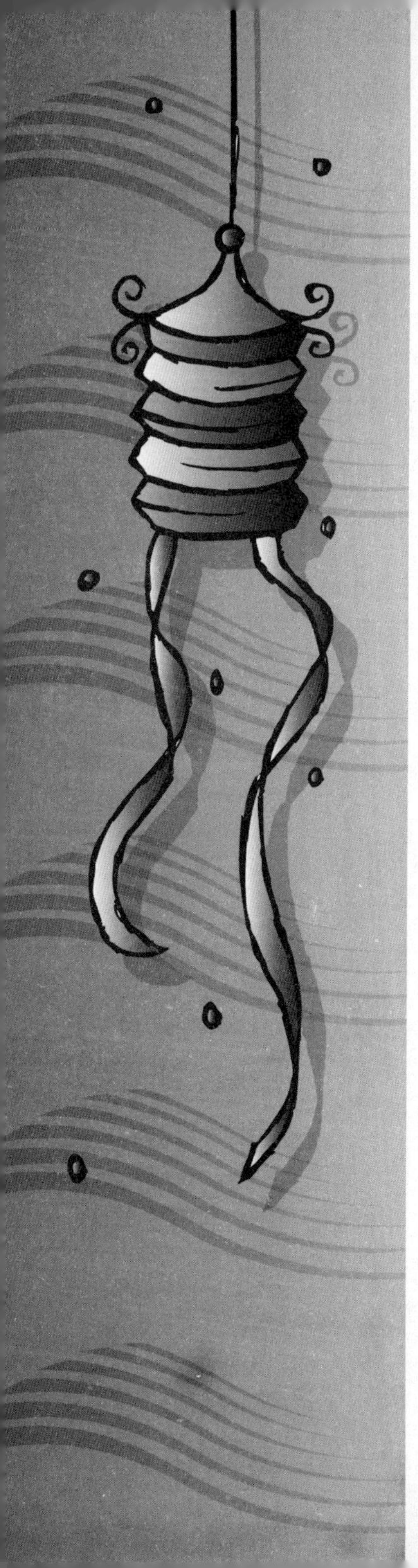

CXXVI. Carnaval

¡Qué guapo está hoy, Platero! Es lunes de Carnaval, y los niños, que se han disfrazado vistosamente de toreros, de payasos y de majos, le han puesto el aparejo moruno, todo bordado, en rojo, verde, blanco y amarillo, de recargados arabescos.

Agua, sol y frío. Los redondos papelillos de colores van rodando paralelamente por la acera, al viento agudo de la tarde, y las máscaras, ateridas, hacen bolsillos de cualquier cosa para las manos azules.

Cuando hemos llegado a la plaza, unas mujeres vestidas de locas, con largas camisas blancas, coronados los negros y sueltos cabellos con guirnaldas de hojas verdes, han cogido a Platero en medio de su coro bullanguero y, unidas por las manos, han girado alegremente en torno de él.

Platero, indeciso, yergue las orejas, alza la cabeza y, como un alacrán cercado por el fuego, intenta, nervioso, huir por doquiera. Pero, como es tan pequeño, las locas no le temen y siguen girando, cantando y riendo a su alrededor. Los chiquillos, viéndolo cautivo, rebuznan para que él rebuzne. Toda la plaza es ya un concierto altivo de metal amarillo, de rebuznos, de risas, de coplas, de panderetas y almireces...

Por fin, Platero, decidido igual que un hombre, rompe el corro y se viene a mí trotando y llorando, caído el lujoso aparejo. Como yo, no quiere nada con los Carnavales... No servimos para estas cosas...

CXXVII. León

Voy yo con Platero, lentamente, a un lado cada uno de los poyos de la plaza de las Monjas, solitaria y alegre en esta calurosa tarde de febrero, el temprano ocaso comenzado ya, en un malva diluido en oro, sobre el hospital, cuando de pronto siento que alguien más está con nosotros. Al volver la cabeza, mis ojos se encuentran con las palabras: don Juan... Y León da una palmadita...

Sí, es León, vestido ya y perfumado para la música del anochecer, con su saquete a cuadros, sus botas de hilo blanco y charol negro, su descolgado pañuelo de seda verde y, bajo el brazo, los relucientes platillos. Da una palmadita y me dice que a cada uno le concede Dios lo suyo; que si yo escribo en los diarios... él, con ese oído que tiene, es capaz... "Y a v'osté, don Juan, loj platiyo... El ijtrumento más difisi... El uniquito que ze toca zin papé..." Si él quisiera fastidiar a Modesto, con ese oído, pues silbaría, antes que la banda las tocara, las piezas nuevas. "Ya v'osté... Ca cuá tié lo zuyo... Ojté ejcribe en loj diario... Yo tengo ma juersa que Platero... Toq'ust'aquí...

Y me muestra su cabeza vieja y despelada, en cuyo centro, como la meseta castellana, duro melón viejo y seco, un gran callo es señal clara de su duro oficio.

Da una palmadita, un salto, y se va silbando, un guiño en los ojos con viruelas, no sé qué pasodoble, la pieza nueva, sin duda, de la noche. Pero vuelve de pronto y me da una tarjeta:

LEÓN

Decano de los mozos de cuerda de Moguer

CXXVIII. El molino de viento

¡Qué grande me parecía entonces, Platero, esta charca, y qué alto ese circo de arena roja! ¿Era en esta agua donde se reflejaban aquellos pinos agrios, llenando luego mi sueño con su imagen de belleza? ¿Era este el balcón desde donde yo vi una vez el paisaje más claro de mi vida, en una arrobadora música de sol?

Sí, las gitanas están y el miedo a los toros vuelve. Está también, como siempre, un hombre solitario —¿el mismo, otro?—, un Caín borracho que dice cosas sin sentido a nuestro paso, mirando con su único ojo al camino, a ver si viene gente... y desistiendo al punto... Está el abandono y está la elegía, pero ¡qué nuevo aquél, y ésta qué arruinada!

Antes de volverle a ver en él mismo, Platero, creí ver ese parajc, encanto de mi niñez, en un cuadro de Courbet y en otro de Böcklin. yo siempre quise pintar su esplendor, rojo frente al ocaso de otoño, doblado con sus pinetes en la charca de cristal que socava la arena... Pero sólo que, ornada de jaramago, una memoria, que no resiste la insistencia, como un papel de seda al lado de una llama brillante, en el sol mágico de mi infancia.

CXXIX. La torre

No, no puedes subir a la torre. Eres demasiado grande. ¡Si fuera la Giralda de Sevilla!

¡Cómo me gustaría que subieras! Desde el balcón del reloj se ven ya las azoteas del pueblo, blancas, con sus monteras de cristales de colores y sus macetas floridas pintadas de añil. Luego, desde el del Sur, que rompió la campana gorda cuando la subieron, se ve el patio del Castillo, y se ve el Diezmo, y se ve, en la marea, el mar. Más arriba, desde las campanas, se ven cuatro pueblos y el tren que va a Sevilla, y el tren de Riotinto y la Virgen de la Peña. Después hay que guindar por la barra de hierro y allí le tocarías los pies a Santa Juana, que hirió el rayo, y tu cabeza, saliendo por la puerta del templete, entre los azulejos blancos y azules, que el sol rompe en oro, sería el asombro de los niños que juegan al toro en la plaza de la Iglesia, de donde subiría a ti, agudo y claro, su gritar de júbilo.

¡A cuántos triunfos tienes que renunciar, pobre Platero! ¡Tu vida es tan sencilla como el camino corto del Cementerio viejo!

CXXX. Los burros del arenero

Mira, Platero, los burros del Quemado; lentos, caídos, con su picuda y roja carga de mojada arena, en la que llevan clavada, Como en el corazón, la vara de acebuche verde con que les pegan...

CXXXI. Madrigal

Mírala, Platero. Ha dado, como el caballito del circo por la pista, tres vueltas en redondo por el jardín, blanca como la leve ola única de un dulce mar de luz, y ha vuelto a pasar la tapia. Me la figuro en el rosal silvestre que hay del otro lado y casi la veo a través de la cal. Mírala. Ya está aquí otra vez. En realidad, son dos mariposas: una blanca, ella; otra negra, su sombra.

Hay, Platero, bellezas culminantes que en vano pretenden otras ocultar. Como en el rostro tuyo los ojos son el primer encanto, la estrella es el de la noche y la rosa y la mariposa lo son del jardín matinal.

Platero, ¡mira qué bien vuela! ¡Qué regocijo debe de ser para ella el volar así! Será como es para mí, poeta verdadero, el deleite del verso. Toda se interna en su vuelo, de ella misma a su alma, y se creyera que nada más le importa en el mundo, digo, en el jardín.

Cállate, Platero... Mírala. ¡Qué delicia verla volar así, pura y sin ripio!

CXXXII. La muerte

Encontré a Platero echado en su cama de paja, blandos los ojos y tristes. Fui a él, lo acaricié hablándole, y quise que se levantara...

El pobre se removió todo bruscamente, y dejó una mano arrodillada... No podía... Entonces le tendí su mano en el suelo, lo acaricié de nuevo con ternura, y mandé venir a su médico.

El viejo Darbón, así que lo hubo visto, sumió la enorme boca desdentada hasta la nuca y meció sobre el pecho la cabeza congestionada, igual que un péndulo.

—Nada bueno, ¿eh?

No sé qué contestó... Que el infeliz se iba... Nada... Que un dolor... Que no sé qué raíz mala... La tierra, entre la yerba...

A mediodía, Platero estaba muerto. La barriguilla de algodón se le había hinchado como el mundo, y sus patas, rígidas y descoloridas, se elevaban al cielo. Parecía su pelo rizoso ese pelo de estopa apolillada de las muñecas viejas, que se cae, al pasarle la mano, en una polvorienta tristeza...

Por la cuadra en silencio, encendiéndose cada vez que pasaba por el rayo de sol de la ventanilla, revolaba una bella mariposa de tres colores...

CXXXIII. Nostalgia

Platero, tú nos ves, ¿verdad?

¿Verdad que ves cómo se ríe en paz, clara y fría, el agua de la noria del huerto; cuál vuelan, en la luz última, las afanosas abejas en torno del romero verde y malva, rosa y oro por el sol que aún enciende la colina?

Platero, tú nos ves, ¿verdad?

¿Verdad que ves pasar por la cuesta roja de la Fuente vieja los borriquillos de las lavanderas, cansados, cojos, tristes en la inmensa pureza que une tierra y cielo en un solo cristal de esplendor?

Platero, tú nos ves, ¿verdad?

¿Verdad que ves a los niños corriendo arrebatados entre las jaras, que tienen posadas en sus ramas sus propias flores, liviano enjambre de vagas mariposas blancas, goteadas de carmín?

Platero, tú nos ves, ¿verdad?

Platero, ¿verdad que tú nos ves? Sí, tú me ves. Y yo creo oír, sí, sí, yo oigo en el Poniente despejado, endulzando todo el valle de las viñas, tu tierno rebuzno lastimero...

CXXXIV. El borriquete

Puse en el borriquete de madera la silla, el bocado y el ronzal del pobre Platero, y lo llevé todo al granero grande, al rincón en donde están las cunas olvidadas de los niños. El granero es ancho, silencioso, soleado. Desde él se ve todo el campo moguereño: el Molino de viento, rojo, a la izquierda; enfrente, embozado en pinos, Montemayor, con su ermita blanca; tras de la iglesia, el recóndito huerto de la Piña; en el Poniente, el mar, alto y brillante en las mareas del estío.

Por las vacaciones, los niños se van a jugar al granero. Hacen coches, con interminables tiros de sillas caídas; hacen teatros, con periódicos pintados de almagra; iglesias, colegios...

A veces se suben en el borriquete sin alma, y con un jaleo inquieto y raudo de pies y manos, trotan por el prado de sus sueños:

—¡Arre, Platero! ¡Arre, Platero!

CXXXV. Melancolía

Esta tarde he ido con los niños a visitar la sepultura de Platero, que está en el huerto de la Piña, al pie del pino redondo y paternal. En torno, abril había adornado la tierra húmeda de grandes lirios amarillos.

Cantaban los chamarices allá arriba, en la cúpula verde, toda pintada de cenit azul, y su trino menudo, florido y reidor, se iba en el aire de oro de la tarde tibia, como un claro sueño de amor nuevo.

Los niños, así que iban llegando, dejaban de gritar. Quietos y serios, sus ojos brillantes en mis ojos me llenaban de preguntas ansiosas.

—¡Platero, amigo! —le dije yo a la tierra—; si, como pienso, estás ahora en un prado del cielo y llevas sobre tu lomo peludo a los ángeles adolescentes, ¿me habrás, quizá, olvidado? Platero, dime: ¿te acuerdas aún de mí?

Y, cual contestando a mi pregunta, una leve mariposa blanca, que antes no había visto, revolaba insistentemente, igual que un alma, de lirio en lirio...

CXXXVI. A Platero en el cielo de Moguer

Dulce Platero trotón, burrillo mío, que llevaste mi alma tantas veces —¡sólo mi alma!— por aquellos hondos caminos de nopales, de malvas y de madreselvas; a ti este libro que habla de ti ahora que puedes entenderlo.

Va a tu alma, que ya pace en el Paraíso, por el alma de nuestros paisajes moguereños, que también habrá subido al cielo con la tuya; lleva montada en su lomo de papel a mi alma, que, caminando entre zarzas en flor a su ascensión, se hace más buena, más pacífica, más pura cada día.

Sí. Yo sé que, a la caída de la tarde, cuando, entre las oropéndolas y los azahares, llego lento y pensativo, por el naranjal solitario, al pino que arrulla tu muerte, tú, Platero, feliz en tu prado de rosas eternas, me verás detenerme ante los lirios amarillos que ha brotado tu descompuesto corazón.

CXXXVII. Platero de cartón

Platero, cuando, hace un año, salió por el mundo de los hombres un pedazo de este libro que escribí en memoria tuya, una amiga tuya y mía me regaló este Platero de cartón. ¿Lo ves desde ahí? Mira: es mitad gris y mitad blanco, tiene la boca negra y colorada, los ojos enormemente grandes y enormemente negros; lleva unas angarillas de burro con seis macetas de flores de papel de seda, rosas, blancas y amarillas; mueve la cabeza y anda sobre una tabla pintada de añil, con cuatro ruedas toscas.

Acordándome de ti, Platero, he ido tomándole cariño a este borrillo de juguete. Todo el que entra en mi escritorio le dice sonriendo: "Platero". Si alguno no lo sabe y me pregunta qué es, le digo yo: "Es Platero..." Y de tal manera me ha acostumbrado el nombre al sentimiento, que ahora yo mismo, aunque esté solo, creo que eres tú y lo mimo con mis ojos.

¿Tú? ¡Qué vil es la memoria del corazón humano! Este Platero de cartón me parece hoy más Platero que tú mismo, Platero...

Madrid, 1915.

CXXXVIII. A Platero en su tierra

Un momento, Platero, vengo a estar con tu muerte. No he vivido. Nada ha pasado. Estás vivo y yo contigo... Vengo solo. Ya los niños y las niñas son hombres y mujeres. La ruina acabó su obra sobre nosotros tres —ya tú sabes—, y sobre su desierto estamos en pie, dueños de la mejor riqueza: la de nuestro corazón.

¡Mi corazón! Ojalá el corazón les bastara a ellos dos como a mí me basta. Ojalá pensaran del mismo modo que yo pienso. Pero, no; mejor será que no piensen... Así no tendrán en su memoria la tristeza de mis maldades, de mis cinismos, de mis impertinencias.

¡Con qué alegría, qué bien te digo a ti estas cosas que nadie más que tú ha de saber!... Ordenaré mis actos para que el presente sea toda la vida y les parezca el recuerdo; para que el sereno porvenir les deje el pasado del tamaño de una violeta y de su color, tranquilo en la sombra, y de su olor suave.

Tú, Platero, estás solo en el pasado. Pero ¿qué más te da el pasado a ti, que vives en lo eterno, que, como yo aquí, tienes en tu mano, grana como el corazón de Dios perenne, el sol de cada aurora?

Moguer, 1916.

CXXXIX. La muy ilustre ciudad de Platero

Al volver de nuevo a Moguer, como antes lo vi tanto con Platero, no lo puedo ya ver sin él, de modo que ahora voy a todo con su recuerdo.

A su recuerdo es a quien le hablo, porque no me gusta la soledad y me da la compañía mejor que cualquier persona.

Además, como viví tanto a su lado, cada lugar despierta nuevos recuerdos de él.

No es redundancia, es necesidad de apoyarme en su recuerdo porque sin él los míos estarán solos como el sol y la luna del campo sin nosotros.

Índice

Platero y yo, de Juan Ramón Jiménez, fue impreso en mayo de 2007,
en Q Graphics, Oriente 249-C, núm. 126, C.P. 08500, México, D.F.